摘片茶叶做书签

陈歆耕 著

作家出版社
全国百佳出版社

图书在版编目（CIP）数据

摘片茶叶做书签 / 陈歆耕著 . -- 北京：作家出版社，2025. 1. -- ISBN 978-7-5212-3137-3

Ⅰ. I247. 1

中国国家版本馆 CIP 数据核字第 2024MZ6109 号

摘片茶叶做书签

作　　者：陈歆耕
责任编辑：向　萍
封面设计：贾　莹
出版发行：作家出版社有限公司
社　　址：北京农展馆南里 10 号　　　**邮　　编：**100125
电话传真：86-10-65067186（发行中心）
86-10-65004079（总编室）
E-mail:zuojia @ zuojia.net.cn
http://www.zuojiachubanshe.com
印　　刷：河北星强印刷有限公司
成品尺寸：155 × 220
字　　数：177 千
印　　张：14.5
版　　次：2025 年 1 月第 1 版
印　　次：2025 年 1 月第 1 次印刷
ISBN　978-7-5212-3137-3
定　　价：85.00 元

作者简介

陈歆耕，曾任《解放军报》记者部副主任，《文学报》社长、主编。中国作家协会会员，中国报告文学学会理事，上海大学客座教授。

著有中篇小说集《孤岛》，中短篇报告文学集《青春驿站》《海水下的冰山》，长篇报告文学《点击未来战争》《废墟上的觉醒》《赤色悲剧》《小偷回忆录》，长篇历史人物传记《剑魂箫韵：龚自珍传》《蔡京沉浮》，文化批评随笔集《快语集》《谁是谋杀文学的元凶》《各打五十大板》，历史文化随笔《何谈风雅》等多部，作品收入《新中国军事文艺大系（1949—1999），曾获《解放军文艺》优秀作品奖、全军文艺新作品奖、公安部金盾文学奖。

目录

·枕边书语·

·浮光碎语·

自序

随风飘逝的“意念”

陈歆耕

我读书是很喜欢读序言和后记的，而且是先读。甭管这序言是自序，还是他序，它帮助我决定是否将此书读完，抑或选读或放弃。

因此，我自己的书也大部分有序言。有专家赐序，也有的自己写。

这回整理好这本小书后，照例也有一序。决定随性自言自语。

故乡有一道土菜，几乎家家都会做，招待客人或节日聚餐，这道菜大致少不了。菜名曰:“杂烩”。它的特点有点像东北的“乱炖”，但食材不同；又有点像重庆的“火锅”，但不仅食材有别，做法也迥然不同，是煮好端上来直接吃，而不是吃时选择生菜料往滚沸的汤料里扔。杂烩与它们唯一的共同点在“杂”，因“杂”而风味独特。它的用料主要是肉皮、蛋饺、鱼丸、肉丸，配以青菜，用鸡汤煮。味道鲜美，且营养丰富。

拙著与家乡菜也有一共同点，就是“杂”。有的偏重于评论，有的偏重于叙事，有的为枕边读书札记，有的无的放矢、泛泛而论……用菜肴喻之，可称“杂烩”，味道如何不知道，需要食客来评断。从广义上说，“随笔”这文体，也是个几乎无所不包的“杂烩”，除了诗歌、虚构类文体，似乎什么都可以往里“煮”。“随笔”，也就是随性而行，随性而止。可以任任性，撒撒野。在阅读、旅游、喝茶、聚餐……生活中，经常有一些被撞击出来的“意念”在脑中闪过，有的随风飘逝，再无踪影；有的被记录下来，便形成了这里的一些文字。当然，也有的是被“邀约”写作逼出来的，诸如《关于“锅庄”的无主题变奏》；有的是被某个问题折磨，只得用折磨自己的方式来解脱，诸如《龚自珍儿子是不是“卖国贼”？》。吾本懒散之人，荷尔蒙正常分泌时，还有兴致记录一些随性迸发的“意念”；随着荷尔蒙分泌的衰减，记录此类“意念”的冲动将会越来越少了。常常就自我安慰，记录又有何意义？还是就让它随风飘逝罢。在文学的竞技场上堆满了“垃圾”，很多人如我般不自知，自以为从事着抚慰他人心灵的“伟业”，其实却是“垃圾”的制造者。实际效果虽“抚慰”了自己，却“污染”了他人。

有一位年轻而崭露头角的小说家曾问我：“再过五十年，还有人看我的小说吗？”这问题非常难以回答，得有“算命先生”的功夫才行。而很多“算命先生”连自己的“命”也掌控不了，其种种“预测”通常都无法确证。当然，也正因为无法确证，也就便于忽悠，混几文酒钱。我则采取迂回策略，不正面回答：“您先别考虑五十年后如何，把当下自己的文学才华发挥到最佳就好啦！”如果以史为鉴，99.99%的写作都将归入文史的垃圾堆中，很难被持久阅读，更甭说成为经典的文字了，简直稀缺如同从鸡蛋里找骨头。从有关资料看到，1987年《纽约时报》评选古今十大作家，中国作家老子名列榜首。一部五千余言的《道德经》已穿越数千年，且将继续影响人类的思维和认知世界的方式。对他的各种解读文字汗牛充栋，但至今还无一部被所有人认同的权威读本。他的思想那么博大精深，后来者如果轻易地就能说清楚，也许老子就不是老子了。像老子这样的伟大哲人，是天地日月精华孕育而成、在一个特定的时代由上苍赐给人类的。老子本人也未想到过，数千年后他仍然是人类思想皇冠上的明珠。唉，作为大自然的芸芸众生，我们来自大自然又都将回归大自然。非主观能掌控的，还是顺其自然为好。我们所能做的就是，尽可能做最好的自己。我常常说，“尽人事，听天命”，用之于写作也如斯。

如果意识到自己的创造，必将被时光无情地甩到垃圾堆中去，那么能否努力一下，尽可能地少制造有毒素的垃圾？垃圾也有多种，有的破坏生态，有的可以沤化为有机肥料，滋养植物、庄稼、草木……如果拙著，属于后一类“垃圾”，那么吾辈就已经心满意足啦！

当我漫步在大学校园里，眼前闪过一拨拨生机勃发的身影。看着那些刚从教室拥出的学子，脸上的肌肤鲜嫩得用手指可弹出水来，脚步轻盈如踩风火轮，此时总有一种意念从我的脑际飘过：生命就是这样的，她一往无前的脚步，谁也无法抗拒。谁都年轻过，谁都终将老去。人类因此而生生不息，属于人类精神活动的一部分——文学艺术创造，也因此而生生不息。每一滴水，每一粒尘埃，都有其存在的价值。既是“一滴水”，就不必想着激荡出大海般的潮声；而“一粒尘埃”，就不必想着如高山峰峦般耸入云天。

如是，就会少一些想入非非，少一些不切实际的自我膨胀。

丁酉春某日，记录下这些随风飘忽的“意念”，排在书前就算作序言吧！

·文坛呓语·

人格“攻击”与人格批评

以往我一直认为，文艺批评不应该涉及人格“攻击”，应该依据文本、作品（包括影视等）来做评判。所谓常常说的“对事不对人”。但近来，我产生了新的想法，如果一个文人或艺术家，他的人格操守有瑕疵甚至是有较大问题，是否可以批评呢？

缺少足够事实依据的人格“攻击”不可有，但对无良文人、艺术家的人格批评却也不能缺席。否则，就会把这个“坛”那个“圈”弄得乌烟瘴气。诸如作家方方批评某人跑奖，在某个国家大奖评选启动前夕，非正常地就一部作品连开几个研讨会，这就涉及操守问题，这样的批评不正是当下文坛需要的？

人称山西“刀客”的韩石山先生曾与沪上一位老作家发生过一场笔墨之争。战火是韩先生挑起来的，他首先在《山西文学》发文，对老作家出售自己的某些名人笔墨藏品提出质疑。老作家非常恼怒地骂韩先生为“粪帚文人”。我起先认为，老先生的“回骂”虽刻毒，但韩先生的批评是否也失之苛责？人家卖自己的藏品，换些银子来贴补家用，有人愿卖，有人愿买，再正常不过，干卿何事？不过，近日读了韩先生的新书《让我们一起谦卑服善》，我又迸发出另外一点想法。

虽是新书，其实收入其中的都是旧文。对于读者来说，只要未读过，旧文也是新文。书中有四篇文章涉及韩先生与老先生的“笔伐”。有的是我未读过的。从韩先生文中，我才完整地了解到事情的来龙去脉。文中说老先生“素仰鲁迅，但生不逢时无缘求之，遂致函在台湾执教的鲁迅好友许寿裳先生，恳请他写了两首鲁迅的七律”。某年，“他与吴晗是编者与作者关系……便在荣宝斋买了一匣诗笺存在北京吴晗处，京华人文荟萃，吴晗交际又广，常有名士过访，由他托请大家留墨”。“为了扩大范围，他又请许广平、叶圣陶、俞平伯等襄助。于是社会贤达、专家学者乃至戏曲名伶的手迹都成了他搜罗的对象。”因此，老先生的收藏“宏富得很”。上面这些加引号的文字，非韩先生原文，他引自一部书，我是“二道贩子”。这些文字说明什么呢？说明该老擅长利用自己供职的媒体平台，广泛收集名家手迹。这也无可厚非，聪明人都会干这勾当。曾看到有报道，国外一个有收藏雅好的人，无钱购买藏品，只好到博物馆去盗窃，一时还被传为“佳话”呢！认为这是一个有品位的“贼”，因为他并未将盗来的珍宝拿去换钱。

让韩先生不满的是，老先生居然将类似藏品20件左右，卖给了一个老板。这又有什么好批评的呢？有的人收藏，目的就是为了待价而沽的。且慢，让韩先生胸闷的是，他认为其中有两件东西是不应该卖的：一幅是张充和的书法精品《录陶渊明归去来辞》，一幅是胡适的书法精品《贯酸斋〈清江引〉》。倒也不是这两幅笔墨特别珍贵，而是来之不易，其中寄托着友人的深厚情意。事情大致过程是：1949年元旦前后，老先生因仰慕张充和，托靳以先生求书法于张。张新婚赴美，来不及写，但一直保存着靳以托写的纸条。改革开放后，大陆有人赴美讲学，看望张充和，张提到了托写的纸条，选了自己的书法精品《录陶渊明归去来辞》，连同托写的纸条让人

——蒋立冬　绘

带给了老先生。几年后，张充和回国探亲，在上海见到老先生，共叙友情。老先生说他喜爱胡适的书法，原有一幅，在“文革”中怕惹事焚毁了。听者有心，张回到美国将自己珍存的胡适的书法《贯酸斋〈清江引〉》寄给了老先生。这样的东西该不该卖呢？愚以为，如果因生活所迫，卖了就卖了。接下来的事情，就有点令人咋舌了。香港董桥先生在拍卖会上见到张充和的字，将之拍下，又转赠给老先生，老先生居然也喜不自胜地收下。

韩先生的批评涉及人格境界，是否属于“苛评”呢？韩先生有无必要用“伟人”的品质，来要求一介普通文人呢？在下不打算对此是非老账翻出来妄加评判。但我对很多媒体，把老先生吹得与“神”一般白璧无瑕，是有些不以为然的。无论是“苛责”，或是吹捧，其实都扭曲了该老本来的形象。就一普通文人嘛，读了一些书，写过几篇不错的文章，有必要抬到让人高山仰止的云雾中去么？

2015. 6

吾喜“野花”胜“家花”

标题容易让人产生暧昧的联想。因为紧接着，会牵连到另一句常用的口头语：“野花要比家花香。”邓丽君的那首歌《路边的野花不要采》，让“暧昧”变得赤裸裸了。虽然歌词有劝诫的“正能量”，但用“野花”作比喻，而“野花”是无辜的。

勿作过度阐释，仅从字面看，此言并无不妥。谁都会承认，这是自然界的客观现象。野生甲鱼，野生螃蟹，野生河豚……只要沾上“野”字，味道自是人工养殖出来的无法可比。如今野生动物、食物是越来越少了，有的成了濒临灭绝的珍稀物种。

扯得太远了，我得把这话题拉回来。我的这番感慨生发自“深圳新锐文学评论家”研讨会。关于文学评论，在近几年由于外力的推动，罕见地成了一个时髦的热词。于是，我看到为数众多的“空头文学批评家”，频频在各类报章、媒体或会议上亮相。让人误以为，正是他们在从事着文艺批评的伟业。鲁迅离世时留下遗嘱，要儿子海婴不要做“空头文学家”。可见他老人家对“空头文学家”之深恶痛绝。我想，“空头文学批评家”当属“空头文学家”的一个类别。“空头文学批评家”有一个显著的识别标志，那是他们的品牌LOGO，就是“天桥的把式——光说不练”。当有高层人士强调“要加强文艺批评”，他们即应声而起，也不间断地重复这句话，“要批评呀”，“要亮剑呀”，只是表达的方式或稍有不同，显得有点学理，从中国传统文论说到西方文论，貌似“砖家”。但他们干打雷，是不会下雨的。他们嚷嚷着要“亮剑”，自个儿的“剑”却始终藏在剑鞘里，从来就没有打算往外拔过。还有一层让人觉得可厌之处在于，当有人拔了剑时，他们则貌似裁判或剑术教练，说你这里不合规范，那里刺错了地方，或干脆说：那个苹果好好的，你去“剜”它干什么？但对此通常也仅止于私下里说说而已，绝不会出来做一个示范动作的，或与刺错者对刺。果真站出来与“亮剑”者对刺，那也就是“剑客”，不仅是“空头”了。这类“空头文学批评家”，基本可归入“家花”之列。

在下是中庸之辈，喜“野花”，也不排斥“家花”。观“野花”常常要披荆棘，历风雨，爬山坡，涉远路，没准儿手脚还会被“野花”的刺扎着。观“家花”则要便利、舒适得多。平时家中搁几盆，空时瞄几眼，可以缓解眼球看电视、电脑、手机产生的视觉疲劳。因此，那个造反头头黄巢的诗言——“我花开后百花杀”，我是极不赞成的。“斗士”需要，“和事佬”也要，大家彼此多元共存，才是一个正常的生态。

我特别关注、喜爱深圳新锐批评家的一点，就是他们的“野生”状态。因为“野生”，他们少了许多羁绊，多了许多凶猛。他们只要看到谁的肌体有疮疤，手术刀马上就掏出来；听到有人把烂苹果吹得赛过天庭蟠桃，就忍不住剑指溃烂处。至于那个被批者是何官阶？是何权威大佬？是什么曾经或正当红的名家？这些在当代文坛呼风唤雨的人物，会不会给他们的生存、利益带来压迫、威胁？似乎他们从未权衡考量过。王彬彬曾撰文批评“过于聪明的中国作家”。而他们恰恰相反，有几分傻，几分迂。正是这傻、这迂，彰显出一种难能可贵的坦诚和率真。他们的“凶猛”，反衬托出许多人（含本人）的怯懦、圆滑、世故。不知谁说的？虽属常识，也是实情。在当下，成为一个批评家很容易。只要你敢说一点真话，就是一个真正的批评家；如果你敢于持续地说真话，你就会成为一个大批评家。山西的韩石山先生，也就“骂”过为数不多的几个名人，居然浪得多年持久不衰的“刀客”虚名。这说明了什么呢？并不说明当一个真正的批评家容易，而是说真话之难。因为郜元宝先生所比喻的“沉重肉身”太“沉”了，让我们的灵魂深陷泥淖难以飞翔。有些学院派、体制内的批评家，他们有足够的知识积累，谙熟中西方文论的各种名词术语，他们通过写硕博论文训教出来的逻辑思维能力很强，可是，我们却有点羞于称他们为批评家。因为在他们的文字中是感受不到锐气、血性、风骨的。

当然，深圳的新锐批评家，要成为“一言九鼎”的批评家，尚需努力。但当下中国文坛，有谁能进入“一言九鼎”的行列？在一个批评生态普遍平庸的时代，何必苛求这些一边打工，一边写评论的年轻人？有人期待他们的批评更精准，剑法更娴熟，当然是智者所求。但从古到今，但凡操批评之业者，有几人能达到“一剑封喉”的境界？这个境界或许“神界”才有。在中国批评史上，最早写下经典文论的是梁朝的钟嵘。他的《诗品》将梁之前的诗人列为上、中、下三品，涉及120人。文中列上品者10人，中品者39人，余皆为下品。此著一出即争议不断，如有些人该列上品，钟嵘却将之列中品；又有某些人该列中品，却被列为下品。所谓“品第之间，多所违失”。“位置颠错，黑白淆讹，千秋论定，谓之何哉！”由斯观之，钟嵘著《诗品》成了颠倒黑白的罪人了。但各种争议无损《诗品》开创性的经典文论的品质。钱钟书先生极推崇钟嵘的诗论，首倡“吟咏性情，何贵论事”的理念，发千古诗人之病，对诗学理论创建贡献甚巨。钟嵘本人在《诗品》序文的文末也说明:“至斯三品升降，差非定制，方申变裁，请寄知者尔”。人家说得明明白白，所谓三品等次排列，是我的一家之言，不是定论，请懂诗的人再去做升降裁定。后人非要把“黑白淆讹，千秋论定”的帽子扣到他老先生头上，不是很可笑吗?

我这里仿学院派，掉一点书袋，无非是说文学评论从来无法如小菜场买卖那样，可以论斤两定价，愿买愿卖，一秤核定。艺术评论难免带有感性和弹性，争议是常态。深圳的新锐评论家们，尽可从容平和地面对争议和各种非难，让雷声更响，剑光更亮，姿态更猛。我希望他们继续保持可贵的独立品格、“野生”状态，让文坛因他们的存在而春波迭起，爱恨交加，性情摇荡。

深圳是个适合“野生”的好地方，深圳文坛是个适合文学自由谈的好“坛”。文坛诸公心胸阔大，不以“野生”为忤，不用激素为他们催肥，反为他们鼓与呼，让他们在大自然的风风雨雨中生长，令人钦敬。

2016.6

“高原”距“高峰”有多远？

这问题如果从地理概念回答，很容易得出数据。这是一道小学数学题。诸如将珠穆朗玛峰海拔高度，减去西藏高原高度，数字就出来了。但如果从文学角度来回答，就非常困难。乃至一千个人，可能有一千个答案。它们之间具有的模糊性和弹性，给从事文学评判的专业人士带来了言说的难度和巨大的空间。当然也给那些鱼龙混杂、信口开河的评论者提供了钻空子的可能。

因此，在文学史上常常会闹出把平庸之作说成佳作，把佳作说成庸常之作的笑话。如一伙人宣布完又一部“准《红楼梦》”诞生没多久，这本书就转到“特价书店”，打三折也无人问津了。对一部作品的评介，总是与评说者的学养、识见、眼光、趣味密切相关，能够让大多数人达成“共识”，就也算是一个标准了。

既然回答此问题如此之难，那我们不妨换一个角度来思考，或许更有意义。那就是一个写作者如何从“高原”爬到“高峰”上去？

在下以为，首先要有攀爬的激情和勇气。如果自己都没有信心，那就甘愿在山脚下，仰望巅峰的光影吧！在通往巅峰的途中，堆满了攀爬者的尸体。他们多因雪崩、缺氧或迷路等意外事故，而倒在了途中。因此，那些向往登上巅峰并付诸行动的人，无疑总是要有一股宗教徒般虔诚的献身精神的。

其次，与文学天赋相关。在通向巅峰的途中，也许天赋只需要 5%，但是这 5% 是统领着另外的 95% 的。没有办法，我们必须承认如契诃夫所比喻的，大狗、小狗叫出来的声音，分贝是不一样的。文学天赋是由复杂的生命元素构成的，如思想力、想象力、对生活的感受力、深刻的洞察力、诗意表达的文字驱动力等。“状难写之景，如在目前，含不尽之意，见于言外，然后为至矣。”谁敢说，人人都有此等天赋？

如果前两者都具备了，最后一个关键的因素是什么呢？我以为则要看写作者的人格高度。这样说的理由很简单——“燕雀”飞不出“鸿鹄”的高度。如果写作是一场赛跑，能够最先到达终点线的一定是那位人格力量胜出一筹的人。说“文如其人”这话老掉牙了，

——张世华　绘

确实生活中常常有“文”好而“人”却无足称道的情况。被用来举例最多的莫过于周作人了。其人虽然有“附逆”的污点，但文章是写得很老到的。甚至还会有人举出胡兰成来说明，完全不必把作品高度与人格高度挂起钩来，因人而废文。这样的评说不能说一点没有道理，但我以为在缺少一个坐标系的情况下，也许此类说法可以模糊一些人判断的眼光。如果你把历史上那些大师级的文学艺术家请出来排排坐，那么你就会发现，最前排压根儿就找不到他们的位子。

因此，我始终信奉中国传统文论一贯把人与文相连的美学思想。我知道自己有一个很不好的、缺少公允的习惯，即常常闻其人而弃其文。因我以为，一个人格猥琐之人，怎指望其写出有“筋骨”的文字？一个内心阴冷之人，怎会有温情和爱意的表达？一个匍匐在地之人，从何可见高远的风景？一个膝盖骨缺钙之人，怎吃得消攀爬的磨损？故张戒论诗曰：“诗文字画大抵从胸臆（中）出，子美笃于忠义，深于经术，故其诗雄而正；李太白喜任侠，喜神仙，故其诗豪而逸；退之文章侍从，故其诗文有廊庙气……”严羽在《沧浪诗话》中强调，学诗者“入门须正，立志须高”，“行有未至，可加工力，路头一差，愈骛愈远，由入门之不正也”，“诗者，吟咏性情也”。

创作者的人格修炼，是一门最难的必修课。

当我们在说当下文艺创作有“高原”，无“高峰”时，那个“无”的核心根由在何处，还需赘言么？

2015. 6

重提丁玲的“一本书主义”

当我要告别那间曾工作了十年的办公室时，最头疼的是如何处置那些东一堆、西一堆的书刊？或许有人会说，头疼什么？悉数搬回家得了。事情非如此简单。太太听闻此事，板着面孔“警示”：“不要把那些乱七八糟的书搬回家，家里没地方放。”然后紧跟着又是一句狠话：“有本事自己再去买套房，怎么堆你的书我不管。”这话呛得我无言以对。确实，我腰包不鼓，腰杆不硬，拿不出钱来买一套房，专门来堆放我的书。

因此，为了不过多占用家中有限的空间，我必须对办公室的那些书刊，挨本儿进行清理。凡我认为无保留价值的，一概扔到门外，交给清洁工去。在清理过程中，哪些该留，哪些该扔，心中当然得有一个标准。首先该留下的是对自己写作有参考价值的书，诸如偶然发现存放已久的一本叶廷芳先生的文集《美学操练》，立即将之珍藏到拎包里带走；其次是中外经典级别的，这类书不知什么时候想起来，就会去翻一翻，即使搁在书架上长时间不看，也感觉有品位；最后是当代名家或文友的签名本，这些书附注着一份友情和体温，即使无时间看，也得藏着。除此以外，那就只好忍痛割爱了。也有让我在“割”与“不割”之间反复纠结的，那就是有相当多的只有一面之缘或从未见过面的写作者寄赠的签名本。扔吧，那上面有作者的签名，有一份心意在；不扔吧，我清楚，此生有限的时间内，我永远也不会去碰它。如何处置呢？恕我这里秘而不宣。

在整理书刊时，我时时有些感慨：一个写作者，如果一辈子能够写出一部让人搬家时不愿舍弃的书，也就该满足了。要达到这样的标准，真不是一件容易的事。记得丁玲在多种场合说过类似的话："苏联作家爱伦堡认为：作为一名作家，就是应该向读者献出自己最好的作品。鞋子要一百双差不多的，不要只有一双好的；而作家的作品相反，不要一百部差不多的，只要有一部好的也行。"后来，她"转售"的观点被上升为"一本书主义"而遭到批判。我早年初听此话时，颇有些不以为然，觉得一个作家就靠"一本书"吃一辈子，太没出息了吧！其实，仔细想想，在当代作家创作的海量作品中，有几部可以流传下去，是要打一个大大的问号的。写出一部在大浪淘沙中能持久发光的书谈何容易？就拿丁玲本人来说，除了那本早期的《莎菲女士的日记》，还有什么禁得起今天重读？那

——张世华　绘

部曾获苏联大奖的《太阳照在桑干河上》，虽曾红极一时，才过去多少年，已经不堪再睹了。那些写文学史的专家，为了录以备存，或许会翻一翻吧。恭请文坛诸公，不妨常常扪心自问：自己的哪部作品 20 年、30 年、50 年后还会被人重读？从这个意义上说，写出一部让读者持久阅读的书，不亚于古时攀越“蜀道”，“难于上青天”啊。

在当下图书太多太滥的状况下，重提丁玲的“一本书主义”，也许不无必要。可能有写作者问：“我写不出那样的一本书，是否就该搁笔？”当然，我们不能因为强调抵达如此高度的难度，就否认大量普通写作者乃至草根写作的价值。宝塔的高度，也是需要厚实的底座来支撑的。但愚以为，需要提醒的是，不要写了几本书名气“熏天”，就轻易自我感觉良好，以为足以雄视古今中外文坛了。笔者还认为，强调尽量写得少一点、好一点，无论对何种类型层次的写作者都是有益的。

尽管互联网技术提供了海量的储存空间，但我也不希望在这个空间里堆满了垃圾。

2015. 5

诗人们，别再“闹腾”了

作家方方在数年前发起并推动了一项非常有意义的活动，那就是“让诗歌艺术进入城市空间”。这么说，可能有点空洞。具体点，就是抓住武汉地铁刚刚启用的契机，征用地铁的广告牌，在原本发布广告的平台上，发布诗歌作品。这一举措的意义在于，让市民时时感受文学的存在，让文学融入市民生活。这一让温暖诗意穿越城市的举措，为武汉赢得了诗意城市的美誉。

笔者有幸被邀参加湖北作协等单位举办的第三届“公共空间诗歌朗诵会”。朗诵会就在地铁的一个文化角举行。活动本身很好，现场有许多市民参与。朗诵会上朗诵的都是新年度发布在地铁广告牌上的诗歌作品，都是新诗。有外省市诗人的作品，也有部分本省诗人的作品。但据我现场观察，朗诵的效果并不好。问题出在哪里？愚以为那些诗，绝大多数不适合拿来朗诵，也不适合拿来发布到地铁广告牌上去，理由何在？大多数诗的质量有失水准，这是此项活动让人感到遗憾和需要改进的地方。发布到广告牌上的诗歌作品，一定要是在中外诗歌史上被广为传诵的经典，或已有定评的优秀作品。再进一步苛求，最好是那些能够一眼让人看懂，并直达人心的经典名句。凡乘过地铁的人都知道，地铁里人流涌动，人们匆匆来去，他们不大可能停下脚步来，像躺在床上读书那样，悠闲地品味某首诗句的内在意蕴。更何况，某些诗压根儿就没有什么好品味的。把它们发到公共空间去，不会给公共空间带来诗意，不会给诗歌增添光彩。反倒会让人生疑，这都是些什么呀？这也叫诗？

我不知道，我是不是缺少欣赏这些诗歌的感悟能力？那我就引一首某位著名诗人的短诗，让大家来共同品味。选择“著名诗人”的作品，是因为其有代表性。选“短诗”，是考虑不占用本文太多篇幅。诗的题目叫《起大早》，全诗 15 行：

起大早，
去对面的河滩上洗脸。
但脸不脏，手也不脏，
没有任何东西是脏的。
一切都不洗自净，或者
根本就没有任何东西存在。
脏东西不存在，
不脏的东西也不存在。
直到太阳出来，
那时只有明亮的东西。
明亮的东西也不脏，
也不是脏东西。
那就让它们保持明亮，
我们保持不存在。

我得承认，这样的东东，我真的看不明白。每一个字都是明白的，把它们拼成一堆，却让人不知所云。如有人看出了其中的诗意所在、奥妙所在，还请不吝赐教。还有一位诗人的诗句，拖沓到惊人的程度，一个句子，居然用了 37 个字：“穿着竖条纹衬衫的高个女人在交流雨天的感受而一个上楼一个下楼我从中间穿过她们”，哇，这也叫诗？也有必要发布到城市公共空间去？赶明儿我也写两首，请方方女士帮助发布一下。我敢保证，我非诗人，肯定写得很差，但不会比这样的诗句更差。

因此，我想再次强化我的看法，推动诗歌进入城市空间是一件非常有意义的事。但选择什么样的诗进入公众的视线，一定要经过严格谨慎的甄别选择。别让有些烂诗，败坏了诗歌的声誉和公众的胃口。

据我有限的观察，当下真正值得流布的新诗实在太稀缺。但好诗虽然很少，诗歌界却异常地“闹腾”，各种花样翻新的诗歌活动，让诗人们几乎没有消停的空隙。有位著名老诗人，半年时间被邀参加了 50 余场诗歌活动，累得突发心梗而去世。因此，笔者在这里奉劝一句：诗人们，能否安静一点，把诗写得像样一点；其次，能否少一点以诗歌的名义，从事直奔孔方兄而去的商业活动。这勾当，一点儿诗意也没有。

2015. 1

关于“红烧肉”的博士论文

要论当下文艺批评队伍的阵容，无疑要数学院派最为壮观。跟他们比起来，其他领域从事批评的人员，大概只能算“散兵游勇”了。但就如我们常常说的“大国”未必是“强国”一样，人数众多也并不等于发出的声音最洪亮、最有力。甚至可以说，在大众媒介和新媒体上，几乎听不到他们的声音。

学院派中当然有非常优秀的批评家，但大多数学院派研究人员都在从事着生产“批评垃圾食品”的勾当。他们的论文基本发表在核心期刊上。因为学院的学术评价体系，决定了他们必须完成规定的论文数量，才能从讲师晋升副教授，从副教授晋升教授，那些硕、博研究生，才能拿到他们的学业证书：此举被圈内人形象地称为“挣工分”。而这些用来“挣工分”的论文，都有一套严格的规范，符合这个规范才能顺利通行。这个类似新八股的“规范”，我也说不清楚。但在微信上，有人以“红烧肉”为研究对象，道出了如何写作学士、硕士、博士论文的程式。限于篇幅，我这里只引录关于“红烧肉”的博士论文的写作要求：

序言：历史中猪肉食谱的文献综述、理论意义和现实价值、不足和问题；

第一篇（第一章到第三章）：猪是怎样养成的；

第二篇（第四章到第五章）：猪的各个部分的肉质的区分和作用；

第三篇（第六章到第七章）：马克思理论不同发展阶段对红烧肉发展的影响和启示；

第四篇（第八章到第十章）：红烧肉制作的实证研究（变量选取、理论模型和计量分析）；

结论：红烧肉是不是可以吃取决于很多复杂的因素。总体来看，在满足一定约束条件下红烧肉是不错的营养、美容食品，但操作过程的障碍还需要真学、真懂、真用马克思剩余价值理论，有必要的情况下需要进行理论创新和政策支持，使红烧肉更好地实现增加营养、避免增肥和促进社会和谐的作用。

想获得博士学位的青年学子，请注意收藏此博士论文的写作秘籍。不过遗漏此收藏也不要紧，导师自然会按照此程式给予精心的指导。可以想见，按照此规则培养出来的批评家，他们会写出什么样的批评文章来。他们最擅长的首先是把不痛不痒的话题，说得头头是道，古今中外，旁征博引，似乎里面深藏着丰富的学术含金量。诸如“楚王为何爱细腰”、“唐代为何崇肥美”，等等；其次是有意把简单的问题复杂化，把复杂的问题搅得更复杂化。诸如“吃饭”，那不叫“吃饭”，学院化的说法应该是“为了获取体内各器官运转需要而进行的营养补给……”；“睡觉”也不叫“睡觉”，而应该说成是“人为了恢复肌体疲劳而必须进行的除了心脏和呼吸不能停止的阶段性休眠……”

读了一些博士论文，我才明白了，学院派的批评为何缺少灵性，缺少真性情，缺少真知灼见，缺少把复杂的问题用清晰明白的文字表达出来的基本能力。那种概念的缠绕、论证的繁复、文字的佶屈聱牙，似乎不在乎向你说明什么，而是要检验你的心理承受能力和保持清醒头脑的持久耐力。

有大学教授透露，现在很多文科学生，似乎对阅读文学作品原著没有什么兴趣，他们也无意于培养自己对文学作品的审美情趣。而是习惯于把各种二手研究专著找来，看看别人是怎么说的，然后进行综合，批量炮制论文或应对考试。这样一种思路和习惯一旦养成，指望他们写出有自己独到艺术感觉的批评文章来，也就无异于痴人说梦了。他们的判断，大多源自别人的判断，他们嚼的大多是别人嚼过的馒头。他们倒卖的“二手货”，再往前一步，则成了近乎抄袭的“贴牌货”，而鲜有采众家之长而成一己之言者。

2014. 5

“学人书店”与“千里香馄饨”的博弈

在某大学西门外，有一家面积不大的“学人书店”。书架上陈列的除了各类教辅教材，也有不少新出版的高端的人文类书籍。从我住的小区散步至书店，约需半小时，往返一小时。因此，前几年晚饭后我常常以去书店翻书为目标，兼顾散步。“学人书店”为我这样的懒散之人运动筋骨，注入了一点心理动力。

遗憾的是，在一年前的某晚，兴冲冲走到书店门口，却见大门锁闭，上写“店面招租，联系电话……”扫兴而归。从此散步失去了一个常设的目的地。出于好奇，隔一二月，又散步过去，想看看在原址新开了什么店铺？于是看到，在“千里香馄饨”店牌内，一碗碗刚出锅的热气腾腾的馄饨正在往店堂里端。虽不至“千里香”，但数步之外，还是闻到香气的。于是就感慨，脑袋饥饿，终究还是敌不过肚皮饥饿。“现实”虽踩在脚下，其实却常常是飞翔在精神之上的。“学人书店”的倒闭，似乎并未引起多少人关注。在一个“消费”成为“主义”的时代，在一个“肚皮空间”决定“市场空间”的时代，在一个手机、网络阅读逐步取代纸媒阅读的时代，一家小小书店的消失，实在没有什么可大惊小怪的。但我也有几分不解：放眼望去，大学西门外数百米，鳞次栉比，几乎全是各种食品、

——侯海霞　绘

快餐、生活用品店，空间已经很局促的“学人书店”仅此一家，为何却无它的立锥之地？要知道，这里的消费群体正是以读书为业的上大学子。肚皮的“刚需”与脑袋的“软需”，何至于失衡到了如此地步？

“快餐”适应了快节奏的生活，有它存在的合理性。但仅吃“快餐”是不够的。把“快餐”当作家常饭，难免会患上营养不良症。物质和精神、文化都是如此。

近日看到媒体透露：有人将美国排名前十位的知名大学的图书馆借阅榜，与中国名校借阅榜进行比对，得出的结果令人触目惊心：当欧美年轻一代精英在阅读《理想国》《尼各马可伦理学》或《利维坦》汲取精神养分时，我们的大学生精英却沉迷在《明朝那些事儿》《盗墓笔记》《狼图腾》等快餐文化中。这一现象，与前一段流传的大学生死活读不下去的10部经典的信息，本质上是“同构”的。徐贲先生认为，这一状况与高校导师人文教育的指导有关。用“悦读”来取代“阅读”，很可能成为一种误导，因为教育目的的阅读是要认真严肃地提高思考和判断能力，是一种与消遣娱乐不同的智识活动。

而我观察到的现状，可能比上述信息更令人悲观：很多大学生除了读应付专业考试需要的教辅教材，以及研究100种表达“我爱你”的方式，其他人文书籍是基本不读的。

现在很少有人用“严肃”一词了。我也学习徐先生用一次：读什么，如何读，为何读，确实是大学人文教育中需要“严肃”思考、认真对待的问题。

2015.10

挺立津门的批评旗帜

这个时代，貌似贾政假正经者多，有趣的人少；心如槁木者多，有真性情者少。人如此，各类媒体更是如此。能够兼具两者——有趣而又有真性情——《文学自由谈》当属其一。

一个偶然的场合，听说某个核心期刊的评选部门，把《文学自由谈》踢出了“核心期刊圈”，就曾为之愤愤不平。转而一想，《文学自由谈》离开“核心期刊圈”，不是《文学自由谈》的损失，而是“核心期刊圈”的损失。大多核心期刊，是高校教授们挣工分、评职级的平台，那里塞满了符合“标准”的垃圾。君不见，大多核心期刊已经边缘化为极少数人自慰的器具，而《文学自由谈》则仍在读者的“核心”之中。

《文学自由谈》最吸引我的是两点：一是坦诚犀利的批评精神；二是幽默、机智、泼辣的文风。坚硬的石头，常常是用羽绒包裹着的；或者说炮弹外常常包裹着一层糖衣，简称“糖衣炮弹”。当你陶醉地舔着糖衣时，一不小心火药会迸得你一脸乌青。当然也有不绕弯子、白刀子进红刀子出的。从个人阅读兴趣，我更喜欢富有弹性的包裹着羽绒的石头：嬉笑怒骂、含沙射影、借古讽今、指桑骂槐、声东击西、打打揉揉、刚柔兼具、笑里藏刀，这类文字更需要智慧和自信才写得出。

《文学自由谈》走过了风风雨雨的三十年。其中甘苦，我作为同业者，感同身受。在表示衷心祝贺的同时，更愿它在当今复杂的媒体环境中继续挺立津门，成为批评界不倒的旗帜。刊物评选重要作者，承蒙抬爱邀我担任评委，令我诚惶诚恐。那些武功高强的作者，哪轮得上吾来评头论足？如果刊物评选“重要读者”，我就忍不住要毛遂自荐了。

我与这份刊物结缘于十年前。2004 年 6 月到《文学报》供职时，在编辑部第一次看到它，便相见恨晚，从此不离不弃。后来有缘结识主编任芙康先生，获得一份赠阅，但我仍然从邮局订一份至家中。如此，我就拥有两份刊物，办公室和家中各一份。可以随时翻阅。这样是不是有点“奢侈”？非也，一本刊物全年订费才数十元，摆一桌饭招待朋友的花费起码可以订阅二十份。从这个小细节，可以看出我对刊物的痴爱。自诩“重要读者”，也是言之有据的。

——蒋立冬　绘

我从这份刊物所获得的营养，也是三言两语难以道尽的。记得，某年在北戴河一个理论评论研讨会上，坐我边上的《小说评论》主编李国平先生小声嘀咕了一句:“没有《文学自由谈》，哪来的《文学报 · 新批评》？”对此，我未作应答。不是我的思维迟钝，也不是我心胸狭隘到讳言《文学自由谈》对《文学报 · 新批评》的影响。因为回答这样一个问题，不是简单用“是”或“否”就可以做答案的。其实,《文学自由谈》岂止对《文学报 · 新批评》有影响，可以说对《文学报》的整个办报理念都有影响。自从拜读该刊后，在报社的编前会上，我曾不止一次地提出，我们需要学习该刊的批评精神和诙谐有趣的文风。甚至曾不自量力地提出，作为面向广大文学爱好者的报纸，影响力应该超越这份偏小众的文学理论评论刊物。《文学报·新批评》的作者，有很多原本就是《文学自由谈》的“常客”。那么,《文学自由谈》究竟在多大程度上影响了近年的《文学报 · 新批评》呢？这问题需要请有兴趣的媒体研究专家来作考证。

近几年，我与任芙康主编有了较多的交往，有了更深的了解。也才知，向《文学自由谈》学习、借鉴可以，至于“超越”，就免了吧！只要看看任先生在李美皆《余秋雨事件分析》文前写的“按语”，就知道编者的眼光和老辣智慧的文字风格，非一日练就。那种从骨子里发散出来的幽默感和字字珠玑的文字功力，吾辈只能自叹弗如。于是，才知当年的“超越”之念，只是一时的妄念罢了。

2015. 10

“药”不对“症”的期刊“联合声明”

对此文，我也要先发几点“声明”：其一，文章观点只就文学期刊而言，不涉及报纸副刊和新媒体，因为目前报纸副刊和新媒体的生存状态比较复杂，搅到一起说不清楚，且他们也未发什么联合声明，笔者就无必要无的放矢；其二，此文泛泛而论，并不针对某一家期刊，但如所谈问题与某家有关，欢迎对号入座；其三，文中观点，凡引用他人者，必注明出处，绝不袭用他人意见为己见。

那个四十五家期刊“联合声明”的核心问题是两个，一是严禁抄袭，二是反对一稿多投。

这个声明在微信圈广为转发，当然这个“广”也只“广”到文学圈和文学爱好者，数量有限，大多老百姓是不太关心此类问题的。他们不订也不读文学期刊，这类问题远不如小菜场价格浮动对他们更重要。

对于抄袭成风，人神共愤，没有太多异议。有人觉得，这是写作者的基本职业操守，人所皆知的常识问题，有无必要掀这么大的浪头来“声明”？我认为，通过“声明”来造造声势，让文抄公、文抄女心有忌惮，也无妨。但杜绝抄袭，不能仅止于“声明”，应有更为刚性的举措，如编辑部人员对选用的稿件发排前做一些仔细甄别的工作，发现漏网之鱼，可采取严厉的惩罚措施：公布抄袭者名字、收回稿酬、停用稿件若干时间甚至永不再录用抄袭者稿件等，要让抄袭者知悉，他的剽窃行为，一经暴露，就将身败名裂。如果抄袭量大，涉及严重侵权，还要诉诸法律。如此这般，是否效果会更好一些？

但在微信上大家讨论较多的还是一稿多投问题。对此，谢有顺教授的看法很精到："准确表述应该是不能一稿多发，而不是一稿多投。多投肯定是作者权利，尤其是初学写作者不多投，几无希望。"教授就是教授，字斟句酌，一字之差，含义迥异，且体贴初学写作者的苦衷。此看法得到《人民文学》主编施战军的呼应："其实这事就是因为一稿多发带来了困扰，做了一个简单的声明。起草人没有认真斟酌。"既然"一稿多投"是作者权利，刊物要摆脱"一稿多发"的困扰，就不能从阻止"一稿多投"入手，需要编辑部自身拿出有效的防范办法来。愚以为，刊物制定若干条编辑条例，规范处理来稿，或许会有效。如对五千字内稿件，半个月内作者未见回复，可自行处理；万字以内稿件，一个月内未见回复，可如何……万字以上的长篇稿件，两个月内未见回复，可如何……来稿一旦明确将采用，应及时通知作者，要求对方不得转投他处，已经投出的让作者及时告知其他刊物，避免多发。至于个别作者如果已接到录用通知，仍投其他刊物，并被刊用，刊物则可采取措施，惩戒这类无视游戏规则的作者。

关于"一稿多发"，似也不可一概而论。刊物应视自身定位，提出各自的要求。也有的期刊，不在乎"一稿多发"。《文学自由谈》原主编任芙康先生就持"好稿不怕多发"的观点，他认为现在报刊这么多，各家都有自身的读者群，能够将读者"通吃"的刊物极少，因此好文章多发几处，让更多的读者看到，在稿酬普遍太低的情况下，作者可多拿几份，应是好事。此乃一家之言，其他刊物的编辑大人可姑妄听之。我所杞人忧天的是，期刊无法适应互联网时代的阅读环境，发行量越来越少，好稿越来越少，影响力越来越小，无人投稿比一稿多投更让人焦虑。有的期刊，长期拖欠作者稿酬，乃至刊稿后既不寄样刊，也不发稿酬，靠“吸血”生存，无视作者最基本的权益，此类期刊为何不关门歇业？

或许，期刊发此声明，“醉翁之意不在酒”，只不过是借网络扩大影响而已。但我知，广告界有句名言：“一个好的产品，借助广告可以提高销量；而一个坏的产品，广告则会加速其消亡。”因此，提升自身品质，才是最根本的生存之道。

2016. 8

文学转型期的“匆匆过客”

很久没有坐到电视机前，看新闻或持续地看某一档节目了。记得浙江卫视的《中国好声音》曾经吸引过我。这回偶然发现央视的《中国诗词大会》，居然又把我拉回到电视机前。看这档节目，于我有一个很实在的因素：借此机会补补课，向那些“诗词达人”学习我未曾读过、不熟悉的古典诗词。当然这个目的未必能达到，记忆力是随着人的年龄增长而成反比的。生活中经常会发生这样的事情，原本想出门办一件事，出了门却忘了该办什么了。健康专家说，这正是生命衰老的信号之一，正规的描述是“近事遗忘”。

因此，“学习”是一个高大上的主观愿望，实际效果是获得即时的身心愉悦和消磨掉一些本来就无聊的时光。当然，时时也会为竞赛者惊人的记忆力和丰厚的诗词阅读积累而击节叹赏。

有一个联想，经常会从我的脑际迸出，那是海外学者唐德刚先生关于历史转型期的一段堪称经典的论述：

> 历史是条长江大河，永远向前流动。在历史的潮流里，转型期是个瓶颈，是个三峡。近一个半世纪中国变乱的性质，就是两千年一遇的“社会文化大转型”的现象，

其间死人如麻，痛苦至极。不过不论时间长短，“历史三峡”终必有通过之一日。从此扬帆直下，随大江东去，进入海阔天空的太平之洋。

有史学研究者，将此观点称为“历史三峡转型论”。按照此论，当下中国仍处于经历磨难、痉挛的历史转型期，我常常用此论来喻指文学。同样，中国文学在胡适、鲁迅那代人达至一个巅峰状态后，也进入了转型期，迄今仍在转型之中，何时从谷底向上攀爬至一个新的巅峰，说不准。我在此要给那些自我感觉特别良好的名家们泼点冷水，在这个转型期中，很多人，当然可能也包括尊驾，都将是文学长河中的匆匆过客。或者说是转型期的“井底之蛙”，看到的只是头顶上很小一片天。很多“蛙”也在努力往上跳，但跳三尺或跳五尺，并没有本质的区别，总还是在井下。当然，我还可以换个角度看问题，有些蛙在井栏上，但遗憾的是，他们的眼睛在往下看，他们看到的是水中虚幻的景象，因此始终在迷蒙的井中月、镜中花中自我或相互抚摸、聒噪……记得有一年，一批“80后”作家做了一个问卷调查，明白地宣称，他们不会再以他们父辈写作者为榜样，因为他们没有真正写出自己内心的感受。当时曾有些不解，后来我觉得他们的“宣言”，正反映了一批年轻写作者的觉醒与进步。

从《中国诗词大会》竞赛选手，尤其是那些年轻选手身上，我看到了中国文学的未来，一种走出转型期的向上攀爬的希望。深厚的历史文化积淀和开阔的国际视野、澎湃的生命激情，也许正与五四新文学运动中那代大师们的某些特质相似。当然就这些选手而言，我能看到的仅是超人的记忆力和丰厚的积淀，并不代表着他们其中的某个人，就必然是未来巅峰上的创造者。民间有言：“熟读唐诗三百首，不会作诗也会吟。”这是说阅读积累是创造的前提，但积累也不必然导向一位成功的创造大家。如果仅止于记忆和积累，那么充其量是一个有生命的“百度”或能够走动的“书橱”。也因此，我特别不希望那些因为传播而爆红的年轻“擂主”，被这个浮躁而超功利的时代过度地开采，成为吸金的器具。惜爱他（她）们的最好方式，是让他们回到平静的书房、课桌，让他们用平常的心态，像普通人那样完成学业，做自己热爱的事情。这样，在未来的某个时刻或时段，武亦姝、彭敏、陈更们中的某一位或某些人，也许会给我们这个民族呈献情理之中、意料之外的惊喜创造。据悉，武亦姝在获得冠军之后，关闭了个人手机。看来，这位年仅 16 岁的才女，比我想象的要成熟和理智。

2017. 2

小说“革命”的必要与可能

当下每年长篇小说出版的数量之多，无疑是创中国小说史之最了。我相信，这个“最”还将被新的“最”超越。另外，来自方方面面对长篇小说的诟病之声，可谓不绝于耳。读者对小说的数量之多不感兴趣，他们期待的是读到能让他们产生震撼或耳目一新的作品。

就在写此文时，我读到某报一篇批评长篇小说现状的文章，该文对长篇小说反映现实生活时的贫乏无力极度不满，认为大量长篇小说写的是“现实的残渣”“伪现实”“歇斯底里的现实”。但对长篇小说如何反映现实，并没有给我们提供可探寻的路径。我本人也曾在一次全国性的长篇小说论坛上，谈到了长篇小说面临的困境，大致认为长篇小说存在的问题有“思想的苍白、泛娱乐化倾向、语言的粗鄙化、结构的草率、人物形象的符号化和扁平化”。现在我觉得，我当时也没有抓住长篇小说存在的核心症结，而且有些审美理念仍然停留在传统的章回小说阶段。

一个很严峻的现状是，当代写小说的名家，他们新作的读者群正在大量流失。他们的读者越来越小众化。“小众化”并不是个问题，而将来纯文学的长篇小说可能就该是“小众化”的。要看看这个“小众化”的读者群是哪些人？如果是当下年轻的知识精英或年轻的人文爱好者，那么这样的“小众”是可持续下去的，证明仍有些长篇小说具有很高的质地，受到年轻人的喜爱。问题是一些名家的“小众”是在八九十年代，他们成名时形成的“粉丝”，他们慕名而跟踪阅读，大多是这些作家的同龄人，已垂垂老矣。随着这些作家退出舞台，他们这点可怜的“小众”也就会自然消失。这才是当下长篇小说真正的危机。

当然，如果我们的视角不仅仅局限在通常所说的纯文学领域，从更为广义的小说概念来看小说现状，就会看到另外一种形态的小说正在非常强势地占据读者市场。这就是网络文学中的类型小说，包括玄幻、悬疑、穿越、言情、谍战等，诸如《盗墓笔记》《鬼吹灯》《甄嬛传》等是其中拥有读者最多的文本。它们拥有数量惊人的年轻的“粉丝”群。这样一种类型小说，纯从文本特征看，其源头可上溯到唐宋传奇、民国时期的张恨水、周瘦鹃、鸳鸯蝴蝶派……而网络技术的发展，使得这种文体又具有传统的通俗小说不具备的特征，如互动性带来的读者参与——由此而增加的读者的黏合度——海量的储存平台而带来的篇幅无节制地拉长。关于类型小说，现在已经有很多人在关注和研究，笔者这里不打算就此作更多的分析。我只能很概括地说，类型小说由于它的娱乐性、可读性，以及便于向影视、游戏产业延伸的文本特征，在未来的读者市场上，仍将处于非常强势的地位。而有的研究者则惊呼，类型小说代表着未来小说的发展方向，未来的小说都会是类型小说，这是我绝对不敢苟同的。未来的高品质的纯文学小说，即使发布在网络上，也绝对不是今天类型小说路数的延续。我希望中国当代小说不会全面沦落到只有类型小说的境地。我丝毫没有鄙视类型小说的意思，我只是强调代表中国文学精英品质的小说，在未来必须有它的一席之地，而要争取这“一席之地”，纯文学小说，尤其是长篇小说，必然面临着一场文体“革命”。

纯文学这一路数的长篇小说，不仅要面对类型小说的读者争夺战，而且面临着更为强势的影像制品的冲击。我得承认影像制品更适合大众消费。视觉的刺激，再加上不乏文艺化的旁白和对话，它远远要比文字的阅读更能让受众获得一种轻松愉悦的快感，而且好的影视作品，同样具有深刻的思想内涵和精神高度。我们没有理由因想维护长篇小说的尊严和生命力，而排斥影视，我们只能寻求在影像的视觉冲击下，长篇小说如何获得独特的属于自己的一席之地。我原先很少看电视剧，最近有了空闲，便看了曾获广泛好评的电视剧《北平无战事》，每天晚上在视频网站看两到三集。我得承认，多年来还没有哪部小说，能够让我像看这部电视剧一样欲罢不能。仔细想想，电视剧除了以影像的方式呈现外，它的充满戏剧性冲突的情节结构、对人物个性的刻画等，其实就是中国传统章回小说体的回归。因此，具有传统章回小说特征的类型小说，最适合成为它的文学母本。

我想，将来的小说家可能会分成两大类：一类从事与影视、游戏嫁接的类型小说的写作，有的直接就成为影视编剧；而另一类则从事小众化的纯文学的小说写作。这两类作家各有各的受众，只是多少不同，他们面临的境遇也将会不同。前者由于拥有大量受众而受到资本的追捧，从事这个领域写作的作家可以获得更多的收益，他们可以过上很富足的生活；但由于影视技术的大工业生产特征，他们又必然是这架机器上的一个部件，他们必须提供适合这架机器运转的配件，而无法成为这架机器的主宰。他们写作的主体意识受到整体技术制作的规约是必然的，没有哪个编剧敢说某部影视剧是自己独创的作品。因为从编剧到成品落地，经过了一系列生产

——蒋立冬　绘

程序，就连自己写的剧本，也在这个程序中不断被改造。另外，令写作者尴尬的是，即使是制作精良的影像作品，在面世时发射出非常强势的冲击力，而“第一波冲击”过去后，往往也很快就进入了片库，因为观众的视线马上又转移到了新播出的作品上，已经播放过的作品则被喜新厌旧的观众快速遗忘了。编剧的命运也是如此。影视剧一经播出，随着时间的推移，能够重现天日的可能几乎没有。没有哪个电视台会傻到把若干年前红极一时的《编辑部的故事》拿出来再播一遍。而后者从事小众化小说写作的作家，他们往往叫好而不叫座，很难快速在市场获得丰厚的回报，在当下稿酬标准极低的境况下，如果得不到民间或政府部门的资助，写作者的生活会很容易陷入困窘。但在写作中，作家的独立品格和主体意识，将得到充分张扬，他们创作的优秀作品，将成为这个时代精神艺术的标杆。其中有的作品的精良质地，在时间的磨洗中将不断得到凸显。前者的佼佼者，或许会得到奥斯卡编剧奖的垂青，而后者的佼佼者，则应是张扬文学理想主义的诺贝尔文学奖的备选得主，我们很难说谁比谁更尊贵。他们是不同类型的精神产品的创造者，都值得有才华的作家付出并应得到社会的尊重。

笔者在这里着重要说的是，纯文学小说的写作者，如何才能持久地获得那个“一席之地”。因为按照目前的态势发展下去，他们在不远的未来，将可能没有自己的片瓦之地。当下纯文学小说存在的严重缺陷是，两头都不靠，既不能像类型小说那样，获得大量普通的读者，又不能纯粹到以高品质获得精英小众或年轻小众的青睐。他们以陈旧的笔法，写着似乎现代性的小说，而真正的“现代性”距他们还很遥远。在20世纪80年代末出现的先锋小说，照搬西方现代派小说大师如卡夫卡、马尔克斯等作家的表现技法，因水土不服而昙花一现。但我们还是应该充分肯定曾经的先锋作家的先锋意识，如果将这种先锋意识融化到本土文化和生活经验的血液中去，说不定他们中的有些人今天会成为中国式的现代派小说大家。遗憾的是这样一种先锋意识和精神，还未继续前行和扎根，就迅速地萎缩了，剩下一些变形、魔幻的皮毛，还在被今天的小说家当作时髦的道具经常运用。因此，我在此申明我的一己之见：中国当代小说需要来一场现代性的“革命”，以其全新的精英姿态和精神高度，与类型小说、影像技术抗衡，使得长篇小说重获蓬勃生机。如果不思变革图存，未来的纯文学小说将找不到自身的立足之地。

当代小说该如何“现代”，如何“革命”？现代性的小说与传统的章回体的小说，其本质的特征区别在哪里？我没有能力开出能得到作家、专家、读者都一致认同的药方，更无意于打出什么概念来耸人听闻，我只能写下一点个人化的很幼稚的观察与思考，希冀有更多的写作者来思索、争鸣、探寻，也许能对催化小说的现代性产生一点益处。在思考这一问题时，我几乎同时想到了卡夫卡和中国古代诗学中的某些理念。卡夫卡的《变形记》或许是最早意识到西方工业化给人性带来异变的现代派小说。这部篇幅不长的小说，其思想含量和信息量之丰富，被无数学者、作家从不同角度不断地阐释，以至研究《变形记》的文章，要超过小说字数成千上万倍。加缪说："《变形记》实则是一部明察秋毫的伦理学的惊人画卷，但它也是人在发觉自己一下子变成动物时所经历的那种骇异感的产物。这种基本的双重意义就是卡夫卡的秘密所在。自然性与非常性之间、个性与普遍性之间、悲剧性与日常性之间、荒诞性与逻辑性之间的这种持续不断的抵消作用，贯穿着他的全部作品，并赋予它反响与意义。"叶廷芳先生在《西方现代文学的大走向》一文中，在论述西方文学的趋势性特征时，第一条就明示："哲学与文学紧密交融，甚至'联姻'。""伟大的文学家也是伟大的哲学家"，几乎成为西方小说大师的共识。

我们再来看看，中国古代诗学中的某些重要理念，它们并不因为年代久远而失去现代性的意义。文学的精神，有些从古到今是一脉相承的。清代诗学家叶燮在《原诗》中认为"诗人之本"有四："才""胆""识""力"。"大凡人无才则心思不出，无胆则笔墨畏缩，无识则不能取舍，无力则不能自成一家……"在这四个字中，我要特别地强调"识"，这个"识"就是作家把握生活的洞察力和思想穿透力，而中国当代小说中，最贫乏的则是"识"，就是思想穿透力。可否这么说，传统章回小说的内在驱动力，靠的是故事情节的因果逻辑链；而现代小说的内在驱动力，靠的是对生活的感悟和思想穿透力。如果一部小说，既无类似于《水浒传》、《三国演义》那样的故事情节的内在逻辑链，又无类似卡夫卡《变形记》这样的思想穿透力，那么，在小说中堆积大量琐碎的生活细节，随心所欲地让人物忽上忽下，在表层感觉描述上繁复得令人窒息，这样的小说有什么价值和意义呢？琐碎的生活细节和繁复的感觉描述，如果无思想力的支撑，就成了无所依傍的一堆鸡毛。我们既看不到好的故事，又感受不到表象的言外之意，这样的小说既非传统，也非现代，被读者边缘化就是必然的了。我理想中的现代小说，应该是既充满生活的质感，同时又具有作家独特思想发现，让人咀嚼回味不尽的“新启蒙小说”。它应该不拒绝吸收一切可以用来表达思想的小说技法，它的文字应该既简练而又含蓄，一切与思想无关的风花雪月、柴米油盐尽可删去。它不是流行口号的概念化图解，而是来自作家对生活的深刻理解洞察，并内化为血液后喷流而出的艺术品。有思想力的小说家，再复杂的现实，也会成为他显微镜下解剖的标本；无思想力的小说家，面对很简单的现实，也会感到无从言说的乏力。

我期待中国式的《变形记》诞生，期待中国式现代派大师卡夫卡出现。此“卡夫卡”非彼“卡夫卡”，他提供的文本，能够维续小说家族在当代中国文学界的尊严，让我们在享受了影视剧的快感之后，也能静下心来，细细地品味文字给我们带来的启迪心智的厚重思想和隽永的魅力。我相信，读者是公平的，他们不会轻易地把那个本应属于一个民族精神高地的“一席之地”用推土机野蛮地推平，当然更不会轻易地让那个宝贵的“一席之地”成为垃圾的堆积场。

2015.8

“先锋小说”衰败与中国小说的未来

一、“先锋小说”的衰败

如果不是今年某些专业人士纪念中国“先锋小说”诞生30周年，我真的不会想到曾经炫丽过一阵的“先锋小说”已经沉寂30年了。

最早接触“先锋小说”是在80年代中期，在一次由《雨花》杂志召开的“江苏青年作家作品专辑”研讨会上。《雨花》杂志连续用“专辑”的方式，推出了9位青年作家的作品，本人也“混迹”其中，也因此才有资格被邀参会。那个会，我印象最深的是，一位来自上海的年轻文学博士口若悬河，表现出非凡的辩才，后来这位先生寓居海外，再也未见到。如今也垂垂老矣。会上议论较多的是苏童的几个短篇小说组成的专辑。我曾细读之，写童年记忆和感觉，虽不好读，但写法确实让人有耳目一新之感。那次被研讨的9位青年作家，真正有出息的是苏童、叶兆言、储福金。那时，真正有影响的“先锋小说”尚未出现。后来有了刘索拉的《你别无选择》、徐星的《无主题变奏》、格非的《迷舟》、马原的一些小说、莫言介于先锋与非先锋之间的小说等，“先锋小说”才算有了名噪一时的影响。

但“先锋小说”很快就衰败了，只剩下部分先锋技法还在很多小说家的创作中延续。从实际状况看，“先锋小说”除了给我们留下部分优秀的中短篇小说，绝大部分作品都很难再持续进入读者的视野。即使是先锋代表作家之一的苏童，致使他大红大紫、被张艺谋改编成电影的《妻妾成群》，一点儿也不先锋，仍然是中国小说的传统写法。一个很残酷的事实是，当年被称为“先锋小说”的长篇小说，几乎无一部还能被读者继续阅读，倒是同时期走现实主义传统写作路线的路遥的《平凡的世界》，仍然挺立在读者的视野中。这样说，并非全盘否定“先锋小说”实验对新时期小说创作产生的某些良性作用和价值。相对于以往将文学视作工具的错误的主流创作形态，“先锋小说”是一个让文学回归本体的反拨；其次，“先锋小说”将西方现代派小说的各种技巧都拿来尝试，给中国传统现实主义小说的写作注入了“形式”创新的血液。

“先锋小说”衰败的核心原因是未能将“先锋”转化为“创新”、将“模仿”转换为“创造”。一个“魔幻”“魔”倒了无数中国作家，一个“破碎”，也让中国文坛堆满了“碎片”。邯郸学步、东施效颦，在初始阶段可以理解，但一直“效”下去，就违背了艺术创造的基本规律，没有哪位伟大小说家，是靠模仿他人、复制他人而伟大的。其实，“模仿”“复制”本身，也是有违“先锋”本质的。“先锋”是指走在别人前面，但跟在别人屁股后面，就一点儿也不“先锋”了。当年绝大多数“先锋小说”作家不懂外语，他们都是从翻译小说中管窥到一点西方现代小说技巧，对“先锋”的本质是缺少足够理解的。那些为“先锋小说”而鼓噪的评论家们，也同样如此。张承志的《金牧场》就是模仿失败的典型个案，他曾自我反思：“我这个相当讨厌模仿外国文学的人，那次深深受了结构主义文学的骗，莫名其妙地追求了一个失败的结构。”可笑的是，至今很多小说家，仍然将“受骗”视为自家的独门绝技，殊不知，那早已是被人穿烂的“弃履”。

“先锋小说”衰败的再一个原因是主客倒置。植根于西方地域土壤和生活经验的现代小说，有其产生的内外部条件，与西方的科学技术、哲学思想、生活理念等紧密相连。诸如“魔幻”“变形”等，都有其催生的客观必然因素。萨特的存在主义小说，是其存在主义哲学的具象化，他的《恶心》《苍蝇》《禁闭》等，是西方存在主义文学流派的代表作品。卡夫卡的《变形记》《城堡》也是西方哲学和工业化背景下的产物。中国作家在吸收这些舶来技巧时，脱离了本土源远流长的小说叙事美学传统和生活经验，反客为主，使得“先锋技法”在中国读者中水土不服，无法被接受。当年，本人在评论的影响下，也曾读了不少“先锋小说”，我得承认，很多小说未能让我读完就丢下了。当时觉得，不是小说写得有问题，而是自己的文学造诣不够，无法领悟这些先锋小说家的实验，从未怀疑过这些“先锋小说”的文学质地有什么问题。今日再让我“盲从”于某些评论家们误导读者的吹捧，已经不可能了。

二、中国小说美学的若干至高规则

今天，我们在反思30年前“先锋小说”衰败的根源时，同时也是重拾中国小说美学传统的时候了。“重拾”不是简单地重复，“回归”也不是重走古人旧路，而是探寻中国气派小说的基本美学特征和规律。具体的文本，即使是经典，也无必要模仿。模仿中国前人成功的范例，与模仿西方现代小说的范例，都不是创造者的上上策。但遵循一定的至高原则和规律，却是延续中国小说家族辉煌的基石。

从杜书瀛的《从“诗文评”到“文艺学”》中，可以寻找到中国诗文审美传统的很多珍贵元素。但该著作的论述，着重还是以中国三千年的诗学文论作为考察的样本，对已经非常丰富的中国小说的美学传统则基本未涉及。叶朗先生的《中国小说美学》，出版于20世纪80年代初，是我目前看到的梳理中国小说美学传统的最系统的读本。该著作对李贽、叶昼、冯梦龙、金圣叹、张竹坡、脂砚斋等的古典小说美学和梁启超的近代小说美学，都有详尽而精准的论述。因此，本文在综合吸收诸先生的著述后，想到了中国小说创作中若干值得反思的问题。

首先，从一个最微不足道的问题谈起，那就是如何面对读者？现实状况是，很多作家的小说创作是反读者的。“无法读下去”，“痛苦的阅读”，是我听到的最多的读者对当代小说的阅读感受。住同一小区的一位退休大学（非文科）老师，出于好奇，向我借走一本曾获大奖的小说家的长篇小说，没有看完就退还了，笑言：“原来这样的小说也能获奖呀！”我看到相当多的作家在接受媒体访谈时声称，“写作时从不考虑读者”。而中国传统小说家和理论家，都是非常重视大众的审美感受和诉求的，他们待“列位看官”为上宾。明代小说家冯梦龙认为，小说不能只适应少数读书人的审美要求，而必须适应多数老百姓的审美要求，所以小说必须通俗。他批评过去的文言小说“尚理或病于艰深，修辞或伤于藻绘”，“不足以触里（同俚）耳而振恒心”。李渔在《闲情偶寄》中谈戏文的创作时说：“传奇不比文章。文章做与读书人看，故不怪其深；戏文做与读书人与不读书人同看，又与不读书之妇人小儿同看，故贵浅不贵深。”

小说与戏文一样，当然应该面向大众。是否因为强调面向大众，就是浅薄呢？李渔认为“能于浅处见才，方是文章高手”。金圣叹在评点《水浒传》时，同样很看重读者的感受：“说使棒反吃酒，极力摇曳，使读者心痒无挠处。”“此一回书每用忽然一闪法，闪落读者眼光，真是奇绝。”本应属于大众审美的文体——小说，居然走进象牙塔，成了小说家“自慰”的“工具”，这样的小说会有生命力么？

其次，我觉得需要重视的是小说家的态度。中国小说传统审美理念，都是强调小说家通过文本体现自己对外部世界的哲思和判断，这与“先锋小说”钟情的“零度叙事”，恰好是背道而驰的。不朽的文章，总是产自生命之痛，“盖西伯拘而演《周易》；仲尼厄而作《春秋》；屈原放逐，乃赋《离骚》；左丘失明，厥有《国语》……《诗》三百篇，大抵圣贤发愤之所为作也”。小说亦如此。近代小说理论家王无生说：“士不得志时，而能文章者，乃著小说以抒其愤。”金圣叹在《水浒传》中的点评：“一部大书七十回，将写一百八人也。乃开书未写一百八人，而先写高俅者，盖不写高俅，便写一百八人，则乱自下生也；不写一百八人，先写高俅，则是乱自上作也。”金圣叹一眼就看出了小说家的锋芒所向，百姓造反的根源在“乱自上作”。《水浒传》曾长期被封建统治者列为“禁书”，就因其有一股“犯上”精神。金圣叹将《水浒传》看作“庶人之议”。天下有道，则“庶人不议”；天下无道，则“庶人议矣”。他赞扬作者“发愤作书之故，其号耐庵不虚也”。张竹坡在评点《金瓶梅》时，也表述了类似的理念。他认为“《金瓶梅》，何为而有此书也哉？曰：此仁人志士，孝子悌弟，不得于时，上不能问诸天，下不能告诸人，悲愤鸣邑，而作秽言以泄其愤也”，“作者满肚皮猖狂之泪没处洒落，故以《金瓶梅》为大哭地也”。到了梁启超倡导“小说革命”时，小说家的态度、小说的社会功能被抬到了有些不适当的高度，小说几成改造社会的利器。他提出了小说支配人心的“四种力”:一曰“熏”，二曰“浸”，三曰“刺”，四曰“提”。这四种力，“文家能得其一，则为文豪，能兼其四，则为文圣。有此四种力而用之于善，则可以福亿兆人；有此四种力而用之于恶，则可以毒万千载。而此四种力所最易寄者，惟小说”。虽然梁启超过度地夸大了小说的社会功用，但如果我们完全无视小说润滋人心的作用，那么小说的力量被大大弱化，被读者边缘化也就是无可避免的了。在大多小说家以“先锋”为时尚，竞相炫技时，路遥仍坚定地立足本土生活经验和创作经验，写下今天仍被追捧的大著《平凡的世界》。他在谈这部小说创作心态时，特别强调了小说家在写作中的态度，他认为“艺术作品的完整性不在于构思的统一，不在于对人物的雕琢，以及其他等等，而在于作者本人的明确和坚定的生活态度，这种态度渗透到整个作品”。

再其次，我想说的是，小说对人物的刻画。无论是“先锋小说”，还是新时期其他小说，忽略对人物的经典化刻画，几成“通病”。因此，我们就很难在新时期的小说中找到像古典小说，像鲁迅白话小说中的那些几乎凡有“井水”处皆知晓的鲜活人物。这样一种现状，对于小说这样的最适合研究人的文体，绝对是非常态的。关于人物刻画，在中国传统小说美学中，经过叶昼、金圣叹、张竹坡、脂砚斋等人的点评分析，已经建构起了非常精到的理论。关于人物的典型性、复杂性、绝对化、缺陷美，关于人物塑造的令人眼花缭乱的技巧，都有系统的论述。今人要抵达前人已经有的深度，已然不是一件容易的事。在小说中发现人、研究人、刻画人，这可不仅仅是中国传统小说美学的伟大传统，西方小说正典也都是这么追求的。福斯特在《小说面面观》谈到的扁平人物、圆形人物，在中国的经典小说中已经有成功的实践，谈不上是西方现代小说的独特发现。德国汉学家顾彬也批评“中国当代作家根本不知道人是什么”，“中国当代小说家，他们不会写人的内心，……他们写的都是人的表象”。他的批评是切中肯綮的。西方现代小说的一个重要特点是，由外向内转，正如乔伊斯所言：“只写头脑里的东西是不行的，还要写血液里的东西。”这样一种向内转，有其西方的哲学基础。中国没有弗洛伊德，因此意识流这样的小说技法只能流行于西方，中国读者没有兴趣根据作家笔下的意识流，对人物进行精神分析。一堆不加标点符号的文字，大概小说家自己也不明白“意识”流向哪里。同样是刻画人物，中国小说应该有中国式的写法。

放弃人物刻画，实际上降低了小说写作的难度。表现作家个人的情绪、内心活动、感觉相对较容易，而刻画人物面对的是他者。作家要写出逼真有血肉的他人，必然要依赖于对社会现实与他人的精微的观察和感觉。作家缺少对他者的敏锐的观察力，采用以己度人的手法来弥补这一缺陷，常常就会导致人物形象的虚假和苍白。

“先锋小说”的又一标识是，几乎无趣味性可言。不知所云、生涩难懂、无内在逻辑，都是趣味性的“敌人”。叶昼在《水浒传》第五十三回有这么一段评点：“天下文章当以趣为第一。既然趣了，何必实有其事，并实有其人？若一一推究如何如何，岂不令人笑杀？”他的这段话，强调小说是虚构的艺术，不必实有其人其事，而虚构的目的是为了有趣。小说的妙趣，又总是与世道人心相关。金圣叹在《读第六才子书西厢记法》中说：“总之世间妙文，原是天下万世人人心里公共之宝，绝不是此一人自己文集。”如果小说中的情节、语言让读者发出了会心的笑声或流下痛苦的泪水，一定是情节、语言等让读者产生了“通感”。中国古典小说家非常善于在紧要处插入“闲笔”来撩拨读者的心绪，增加阅读的趣味。张竹坡在《金瓶梅读法》中说：“读《金瓶》，当看其手闲事忙处。”毛宗岗在评点《三国演义》关羽过五关斩六将时，特别点到了“闲笔”的运用：“关公行色匆匆，途中所历，忽然遇一少年，忽然遇一老人，忽然遇一强盗，忽然遇一和尚，点缀生波，殊不寂寞。天然有此妙事，助成此等妙文。若但过一关杀一将，五处关隘一味杀去，有何意趣？”张竹坡甚至认为，善用“闲笔”需要特殊才能，并不是谁想用都会的：“千古稗官家不能及者，总是此等闲笔难学也。”

三、敢问路在何方

写到这里，笔者想打住了。本来还有些小说的基本问题，可以拿来一说的，诸如如何面对现实生活的问题。此类问题，有论家简单地归之于现实主义，其实忽略了小说艺术地处理人们面对生活真相的复杂性。真实、真诚肯定也属于小说写作的至高规则之一，这里就不详细展开了，待有兴致时，另文探讨。

笔者的写作和阅读兴趣，都是厌烦“泛泛而论”的。没有想到，这回自扇耳光，也陷入了“泛泛而论”的窠臼。对于“泛泛而论”，有人美其名曰“理论构建”。实际情况是，大多“泛泛而论”是不得罪人的陈词滥调。此文也卑之无甚高论，只是将近日的阅读心得做了一点梳理，在信息堆积泛滥的境况下，做了一点“拼拼凑凑”的努力，现抛将出来，欢迎关注中国小说未来的写家和读家批评。

笔者更无意也无力为写家提供中国气派小说未来的路径。未来的路径，有待勇敢的开山辟路者去探寻。正因为小说创新的路径，如交叉分岔的花园，才具有迷宫般的乐趣和诱惑。如果有一日电脑软件可以合成优秀小说，那么，未来最称职的“稗官”，可能就是电脑软件工程师了。一切皆有可能，一切皆有待观察。

2016.10

野蛮生长的“挑战者”

一、影像与文本的互补

电视剧《芈月传》曾在2016年热播，现在来评说，从信息传播角度显然是不合时宜了。媒体总是追着热点走的，哪有时隔半年多来炒冷饭的？因此首先要说明，我不是写该电视剧的评论，只是以此为例，来思考当下文学的一些问题。如此，本文就与信息传播赶时效撇清了关系。

我很少看电视剧，前年交完一部书稿后，为了放松自己，让自己无聊一段时光，连看过两部。去年《芈月传》热播时，尽管媒体报道铺天盖地，因我正忙别的事，只是偶然瞄过两眼。今年春节后，有友人问我看过没有？答曰：没看。友人未再追问，看神情似乎觉得我没看会有什么遗憾似的。正好节后一段时间啥事也不想做，就从网络上搜到了这部电视剧来再次打发无聊的时光。

电视剧确实抓人，情节跌宕、悬念迭起，人物被一次次地推入绝境而又峰回路转。如果不是自我控制，可以吸引你废寝忘食，81集，看了半个月。剧情反映的这段历史和主人公，在我的历史知识

——蒋立冬　绘

库存里几乎处于空白区。什么“芈八子”，过去闻所未闻。看了电视剧，然后再来看小说。相对于电视剧，小说文本无疑要经受更为严苛的阅读检验。因为故事情节已经知晓，靠悬念已无法形成阅读驱动力。所幸的是，小说文本仍然非常耐读。这取决于它与电视剧强烈的视觉冲击力相比，有无法取代之处。有三个关键因素：一是文字优雅，作者因长期受历史典籍的浸润，形成了散发浓郁古风的文字描述能力，其文耐人咀嚼；二是借助超常想象力所营造出的生活质感，让阅读者觉得情节与细节真实可感，人物形象血肉丰满；三是作者不仅仅停留在对历史大势的诗意描述，还将笔墨聚焦于人、人性，运用现代小说的技巧，对人物性格的变异、心理活动，进行了合情合理的呈现。主要人物性格的变化、情节的推进都有内在逻辑的支撑，完全不同于当下文坛流行的碎片化叙事。

也许是我的阅读趣味存在偏见，凡是用碎片化方式写出的长篇小说，迄今为止，没有一部能让我读完。有很多名家将此当作“先锋”，而我认为这种写法是以“先锋”的名义，遮盖驾驭不了长篇小说的短板。碎片化或散文化写法，如果用之于中短篇或许可以接受，如果用此手段写大部头，一部数十万字小说没有整体性的逻辑结构，而是用一堆“鸡毛”细节或知识卡片来堆积，产生的不是阅读快感、期待，而是折磨。当下文坛，尤其是被归类为纯文学的小说家，大部分不具备写作长篇小说的能力。他们的想象力、故事情节的结构能力、融汇生活经验的能力，都不适合长篇小说的写作。但不写长篇的小说家似乎很难在文坛立足，为此浮名所累，很多人实际上是如挤牙膏般堆积长度。再加上有很多的吹鼓手，为此类失败之作进行褒奖性的文学解读，给某些作家和读者营造出虚幻的文学质地，让他们获取了与实际文本不相符的美誉度。但时光如风，它会很快地将虚幻的泡沫吹得了无踪影。蒋子龙先生多年前曾说，当代作家已经丧失了创造故事的能力，应该指的就是这一部分作家。而在另一部分新生代作家笔下，创造故事的能力，几乎在奇迹般地复活和野蛮生长。这一部分作家，就是当下颇为读者所追捧的网络文学作家。

二、网络文学 2.0

虽然我不是网络文学的专业研究者，但作为一家文学媒体曾经的运营者，对此也有长期的跟踪关注。从广义上说，凡在网络上发布的文学作品，皆可称之为网络文学。从狭义上说，在网络上最适合生存的具有网络特征的文体是类型小说。起点中文网最初能够成功创造下载阅读收费模式，依赖的就是类型小说，诸如《鬼吹灯》《盗墓笔记》等。而阅读这类小说的读者，大多从阅读动漫、玩网络游戏的人群中延续而来。我曾整合微型小说资源，试图走出一条同样的收费阅读的路径，实践证明是不成功的。因为大量微型小说的作者，写作手法与所谓纯文学圈子的小说写作是一个套路，只是篇幅更为短小而已。由于篇幅短小，难以展开更为丰富的想象和曲折的故事情节，对读者激发不出付费阅读的欲望。盛大网络收购起点网后成立盛大文学公司，曾大量收购纯文学名家的小说版权，试图产生数字化收费阅读的市场回报，实践证明也是不成功的。因为两种几乎完全不同类型的文本，以及完全不同的阅读人群，根本无法交融。

最初的网络类型小说，给我的印象是：其一，作者的想象力极为丰富，并因这超级想象力而创造出曲折奇幻的故事情节，这样一种特质是纯文学圈子里大多作家所不具备的。他们最擅长的就是编故事。其二，它的着力点在娱乐，而不是对人的情感抒发和人性的探索，也无承载某种价值理念的自觉，纯粹就是为了娱乐、好玩。相比较那些苦涩无趣也无深刻内涵的纯文学的小说文本，类型小说更能吸引年轻的阅读者。他们不需要通过阅读小说来接受教化，他们需要的是轻松好玩。装神弄鬼、故弄玄虚不是问题，只要能给他们带来感官刺激、博得开心一乐就好。有评论家讥讽这类小说与民国时期的地摊小说没有太大异同，当然是有道理的。应该说初期的类型小说，它的可读性、娱乐性，甚至超过民国通俗小说。这一类小说，只要无害仍然有它存在的理由，并有很大的市场空间。而大多走纯文学小说路径的作家，也不把它放在眼里，总觉得它们是不入流的。

迄今为止，大量的类型小说仍然停留在上述层面——网络文学的 1.0 版。但我们同时也欣喜地看到，类似《芈月传》这样的历史小说，正在完成类型小说的转型升级，不仅具备很强的故事性，同时在对人物的刻画、人性的探索、生活的思考、驾驭语言文字的功力方面，显示出兼容类型小说和纯文学小说优势的特质。它超越了大多类型小说，也超越了那些纯文学小说不成功的先锋探索，具有了中国气派小说的美学特征。它们成为改变当代小说版图的强有力的“挑战者”。有些评论者因为其涉及的“宫斗”内容而简单地将之归入一种娱乐化的类型小说里去，如果不是怀有某种傲慢和偏见，也是不客观的。这一部分小说或可称之为网络文学的 2.0。

其实，我是不赞同以网络文学和纯文学这样的人造概念，来对文学进行归类的。那个有点自甘“另类”的网络文学排行榜，是令人觉得可笑的。尽管本文为方便阐述，也用了“网络文学”的概念。文学只有好差之分，衡量它们不应有两套美学标尺和体系，它们之间并没有截然不可逾越的边界。正如布鲁姆所说，所有的经典都是打通了精英与世俗的边界，谁能获得更多的读者，谁能经受时光的阅读检验，谁才能进入经典的行列。所有的小说，都得接受同一美学标准的检测。某些概念或可方便专业研究者，但对读者毫无意义。

三、与读者拧胳膊的评论界

对于评论者来说，对那些20世纪80年代成名的作家的小说新作，甭管写得如何，连篇累牍地为之唱赞歌是安全的。他们已有的文学地位，使得人们相信评论家的眼光不会有什么问题。但如果要为一位地位尚未得到文坛确认的小说家作热情洋溢的褒扬，则往往要冒一定的风险，他的艺术感觉一旦有问题，将会贻笑大方。正是这样一种自我防护意识，使得一些评论者宁可在枯木上寻找不朽的质地，也不愿在山野林木中发现那些可以成为大树的新苗，甚至对已经葱茏葳蕤的大树视而不见。

网络文学的不少作家，正处于这样一种尴尬的境遇。他们在读者中俘获了大批的“粉丝”，但在那个所谓高雅的文学评论圈却很少见到有关他们作品的评介。诸如《芈月传》，在当当图书网可看到近万的读者跟帖式的评论，却很少有专业的评论家关注。这些不知名的读者跟帖，虽然仅仅三言两语，但完全可以感受到他们的点评是发自内心和真诚的，这是一种非常奇特的现象。我们的评论界，似乎是反读者而行之的。一些论者，虽然有各种专业头衔一大堆，但因各种因素，已经丧失了基本的艺术感受和判断能力。因此，我在买书时，往往更相信那些如伍尔夫所说的未经错误文学理念“污染”的读者的直觉，而对某些专业评论家的推荐极不信任。

还是以蒋胜男的《芈月传》为例。我对这样的小说家是非常钦敬的。在读大学时，我也曾动过写一部关于王安石的历史小说的念头，在图书馆抄录了数百张卡片。但我终于还是未能写出一部关于王安石的历史小说来，原因何在？姚雪垠先生在谈历史小说写作时，提到了历史小说家应该具备的几个条件：“第一，他应该是一位有修养的小说艺术家，懂得长篇小说的美学；第二，他对于自己要写的小说题材是一位渊博而精深的史学家；第三，也应该是一位优秀的思想家，而不是在历史见解上人云亦云。”这三个“家”的标准很高，笔者一个也不具备，难怪写不出王安石的历史小说。如果用这三个“家”的标准来观察蒋胜男的历史小说创作，我觉得她未必都是“家”，但三个特质都是具备的。首先她有整体把握长篇小说艺术的能力，这个能力是靠小说家心骛八极的超级想象能力来支撑的。有了这个能力才能将近距离的生活经验融汇到历史语境中去，创造出历史上可能发生的可以触摸的场景和人物来。其次，作者对所写的历史有着精深的研究和积累，这在她的文本中可以看出来，涉及特定历史生活的种种知识、常识，作者谙熟于心，并在每一章后作了部分标注。作者将《诗经》中的很多精彩段落，自然无缝地引入文本叙事中，无任何生硬突兀之感。我还注意到，作者在写小说之外，还著有非虚构的阐述历史的散文、随笔，如《历史的模样》《权力巅峰的女人》等，从中我们可以看出作者的人文功力与积淀。作者对于所书写的历史，未必达到思想家的高度，但作者有自己独特的感悟和认识，是可以肯定的。因此，像《芈月传》这样的优秀历史小说，出自蒋胜男的笔下，是多种特殊的才华因素化合而成的，是史学家的研究功力与小说家的想象力、文学性叙事能力高度融合的结晶。这样的小说文本，应该放到当代最优秀的小说行列中，被持续进行更深入的分析与解读。

该小说写的是战国纷争时期，秦国宣太后的人生经历，也必然涉及秦国如何在大争年代崛起。不禁由此联想到有人在电视剧《大秦帝国》播出时，对大秦帝国崛起模式提出的质疑。我觉得对历史进行反思和批判，抛弃糟粕，吸收精华，是史学家、思想家、文学家的共同责任。但如果因为文学作品一涉及那段历史，就认为是宣传暴秦、就是对秦王朝焚书坑儒持肯定态度，这就把对历史的重新认识和解读简单化了。另外，简单套用史学的观点来衡估小说也不适当。小说写的是历史中的人性、人性中的历史，与史书上的历史是无法在一个尺度下作比照的。从《芈月传》中，我未看到任何反现代文明的价值观。因此，我们没有必要先入为主地将某种偏见引入小说文本中去。在作者的一篇谈秦宣太后的史料文章中，我看到她对宣太后执政中的问题是有清醒认识的。该文谈到今人发现的秦兵马俑，更有可能是宣太后的陪葬物，而非秦王的陪葬物："宣太后身为楚女杀楚王，身为秦惠王妾而杀尽秦惠王诸子，嫁于义渠王而灭义渠，得赵国之助而坑杀赵国数十万人，一生做出种种肆无忌惮的逆天行为，必然会为了自己死后在黄泉之下的命运而担心，而作为一个曾经统率百万雄师的女霸主，她必然迷信武力，因此为了自己死后着想，带着一支庞大的军队下黄泉，也是非常可能的事。"但我们看到，小说中的芈月与史实中的芈月是完全不同的。小说构造有它不同于史实的、情感的、人性的、心理的内在逻辑。

类似蒋胜男的一些优秀小说家和不为某些主流评论家所接纳的作家，实际上正对当下文坛构成有力的冲击。他们的作品，不仅通过传统书籍，也通过影视、微信、网络、视频等新媒体传播，正在改变文学的版图，创造新的文学生态。有些自命清高的专业人士故意视而不见；有些才华已经枯竭，靠玩概念来支撑的所谓纯文学小说家，将他们打出"精英圈"，但这无碍其攻城略地，他们正在进入更多读者的视野，他们也必将走向中国文学的未来。

2017. 4

莫听穿林打叶声　何妨吟啸且徐行

——写在《文学报·新批评》创刊三周年之际

一段时间以来，对中国文艺批评现状的不满与指责不时见诸媒体，社会各界对于当下文艺批评可谓期望与失望并存，在这种情势下，《文学报》创办《新批评》专刊，提倡“真诚、善意、锐利”的批评，引起了文学界的广泛关注和讨论。在《新批评》创办三周年之际，我们邀请《新批评》的创办者陈歆耕撰文阐述他的批评观，以及《新批评》的理念与理想，希望能给读者提供思考与借鉴。

——编者

2014年6月2日，是《文学报·新批评》创刊三周年纪念日。而这一天，恰好是伟大诗人屈原的纪念日——端午节。这样一个看似偶然的巧合，似乎寓意着一种来自几千年前历史深处的呼唤——这呼唤声中有伤时感世忧国忧民的胸襟，有让天下遍植香草的情怀，有“路漫漫其修远兮，吾将上下而求索”的执着……

此刻，我久久地凝视着新一期《新批评》的版面。从第一期到最新一期，内容期期更新，但每期封面下方的一排中外批评大家的如雕塑般的头像始终未变：刘勰、鲁迅、茅盾、别林斯基……但没有屈原，因为屈原是伟大的诗人，不是文艺理论家和批评家。这不要紧，不影响我们在继续前行的旅程中，向这位伟大的诗人致敬！

因为，伟大的诗人、作家和伟大的批评家，他们无论曾是盟友还是“敌人”，都是人类文明的伟大创造者！

一、立场与平台

当有些人看到《新批评》“光鲜”的一面时，又有几人了解它曾经历的艰辛？三年风雨路，足足可以写成一部书。

我曾对参与《新批评》编审的韩石山先生半开玩笑地说过一句话：“等我离开现职岗位了，准备写一部叫《“新批评”备忘录》的书。”说是这么说，这部书会不会去写，我也不知道。因为要全面真实地呈现《新批评》走过的旅程，必然要涉及很多人很多事很多现象。从“向善”的角度考量，有些“真话”是不能全讲的。我非常理解季羡林先生那句名言“假话全不讲，真话不全讲”的难言之隐。

在这里，我只能有限度地介绍一些情况，谈一点纯属个人的感受和思考。

众所周知，2013年初曾有人通过微博，用非常尖刻的词语质疑批评家李建军的一篇文章。

此事引起全国大量各类媒体的跟进报道，从各地的都市报到北京的《新华每日电讯》、《中国青年报》、央视的《文化正午》栏目，都在评说和关注这一事件。我无意于在这里对这一事件进行回放，只是觉得在这里，有必要就这件事而引发的对《新批评》定位和办刊宗旨的歧见，作一点阐释。

有媒体采访我，问我对李建军文章的看法。我回答："《新批评》的文章不代表本报立场，那是批评家在细读文本后自己做出的艺术判断。"最初刊发报道的《新京报》算较准确地传递了我的观点，标题是《"新批评"文章不代表文学报立场》。但很多媒体在转述这篇报道时，略去了标题中的"文章"二字，把我要表达的观点就完全弄拧了。说《新批评》文章不代表《文学报》立场，肯定没有什么不当。因为《新批评》上刊发的文章各种声音都有，对某一部作品，评论者持有完全对立的意见也是常态，那么《文学报》该站在谁的立场上呢？或谁有资格对不同意见的评论做一锤定音的裁判呢？

因此我认为，《新批评》只是提供了一个"百家争鸣"的平台，只要在文学艺术的框架内，各路"神仙"都可以登台发表一己之见，公公婆婆各说各话也无妨。一己之见，很难说都是真知灼见。但如果说"《新批评》不代表文学报立场"是有问题的，《新批评》当然有自己的立场，这个立场就是最初在征稿启事中反复申明的"三提倡三反对"：

> 倡导真实、真诚和自由、锐利的诚意批评，反对谩骂式的人身攻击；倡导"靶标"精准、精到的及物批评，反对不及物的泛泛而论；倡导轻松、幽默、透彻的个性批评，反对故作高深、艰涩难懂的"学院体"。

后来，编辑部又将之概括为六个字："真诚、善意、锐利"。

汉字就是如此精妙，略去两个字，就会产生严重的误读。

《文学报》为何要创办《新批评》，又为何要持有这样的办刊宗旨和立场？回答这个问题，实在不是三言两语能够道清的。在它诞生之前，我们看到几乎所有的媒体都在批评文艺评论生态出现的严重“污染”和恶化。但如何改变恶化的文艺评论生态，未见有人拿出可践行的方案。当有人提出要加强文艺评论时，他自己恐怕也不完全清楚，需要加强什么样的文艺批评？从数量看，全国有为数众多的文艺理论评论刊物，报纸也在刊登各类文艺评论的文章和类似文艺评论的文化报道。但人们又感到真正的文艺评论非常稀缺，文艺评论到底在哪里出现了问题？

单从数量看，中国并不缺少文艺评论，缺少的是真正敢讲真话的纯粹的文艺批评。

编辑部曾就《新批评》的办刊宗旨和定位，分别在上海、南京、北京召开专家座谈会，问计于一些专业人士。实际上也就是寻找《新批评》的“靶标”在哪里。如要匡正文艺批评的时弊，当然首先要弄清楚文艺批评的“病灶”在哪里。经过考察和梳理，我们觉得“症结”有三：一是“胡吹乱捧”。受人情面子、“红包”等因素影响，只说好话，不说问题，甚至把“丑小鸭”吹成“白天鹅”，“和事佬”的身影频频出现在各类作品研讨会上。二是抽象否定、具体肯定，成为很多批评家的批评策略。他们在谈宏观文学现状时，对普遍存在的问题义愤填膺，而一谈到某人某部作品，尤其是名家新作，则完全转换成另一套话语，几乎全是溢美之词。三是大量毫无章法，只从个人好恶出发、缺少专业分析的跟帖式“草根评论”充斥网络。正因如此，文艺批评已经毫无公信力可言。听起来“众声喧哗”，但满耳皆“垃圾噪声”。

说了这些，质疑《新批评》的先生该明白了吧？所谓“三提倡、三反对”，所谓“真诚、善意、锐利”，都不是一拍脑袋就“灵光乍现”出来的。

二、痉挛与阵痛

虽然《新批评》创刊初期就有明确的定位和宗旨，但在具体的办刊实践中仍然不断经历痉挛和阵痛。这样一种“阵痛”，至今仍在延续……

一切问题都可落实到一个实在而具体的问题上来——即符合《新批评》定位的稿件从何而来？在普遍害怕得罪人的情境下，有哪些批评家能够成为《新批评》的作者队伍的成员？

当时，我们就想，目前活跃在文学界的大多批评家，大概很难成为我们的主要作者，因为他们中很多人都跟作家“称兄道弟”，“厮混”得很熟，怎么可能抹开面子“开火”呢？在南京、北京，编辑部邀请一些高校的教授和博士生研究生帮助策划选题，我们寄望于那些对文坛还很陌生的年轻人能够冲锋陷阵，打破沉闷的僵局。这一想法，果然是有效的。《新批评》第一期三篇批评贾平凹《古炉》的文章，有两篇出自在读博士研究生之手。不断地发现和挖掘新人，则是编辑部所有人都有的强烈意识。后来获《新批评》优秀评论新人奖的唐小林，是从四川到深圳打工的农民，但长期爱好文学写作。编辑从邮箱自发来稿中发现了这个作者，于是主动联系他，请他改稿。后来唐小林频频在《新批评》亮相，成为文学界有影响的“打工评论家”。编辑部几乎每天都在用“雷达扫描仪”，搜寻各类媒体上适合给《新批评》撰稿的作者，一旦发现，立即“收编”。文坛圈内人经常纳闷，看到《新批评》上一篇妙文，但对作者名字却很陌生，于是好奇者便向编辑部打听，某文作者是“何方神圣”？

“阵痛”还表现在编辑部高水准文艺评论人才的稀缺。一个专业的、有共同理念的优秀编辑团队，是创办好一份专刊以及可持续发展的前提。《文学报》的采编队伍非常优秀，他们大多是现当代文学的研究生。但为了节约人力成本，编辑部人手少而工作量大，为了保证每期 16 版正刊正常出报就已经疲累不堪，如再增加隔周 8 个版的《新批评》，显然具有难以承受之重。

吸纳外才，则是当时不得不采取的唯一之道。最初，我曾经动员刚退休的《文汇报》“笔会”主编、评论家刘绪源先生来加盟我们的团队。但绪源先生正忙于与李泽厚搞对话，平日学术活动又很多，无暇来参与这类为他人作嫁衣的编务工作。绪源先生的一大功劳是向我推荐了同样也已退休的“山西刀客”、评论家韩石山先生。韩先生开始是一口回绝的，因他以为要承担选题策划和组稿的任务，觉得工作量太大太辛苦，难以承受；后来我说，主要是请他对稿件进行专业上的审读把关，他这才应允。

韩先生的加盟，对《新批评》保持较高的专业水准以及尽量避免犯一些低级差错，起到了非常重要的作用。虽然此前，我与韩先生只有一面之交，但我们与韩先生的合作非常愉快，他深厚的学养和过人的识见，每每使我获益匪浅。有些重要稿件，常常是我先发给他看，听了他的意见后我们再进入编辑流程。令我尤为感佩的是，韩先生的严谨和敬业精神。他在 2012 年 8 月，因突发心脏病两次住院，在病中还在坚持给我们审稿。无论病前还是病后，他除了用电子邮件回复意见，有时还用精致的毛笔小楷把审稿意见写成书面信函寄来。除了韩先生，后又有余之先生、编辑部新成员等陆续加盟，才形成了现在的编辑阵容。

编辑部人员对批评理念的不同认知以及带来的碰撞，也曾是牵绊我们前行的“阵痛”因素。诸如有人担心，批评了那些“名家”，会不会影响报社未来的发展？（担心不无道理，但事实证明，报社发展不但不受影响，反而进入了更良性的发展轨道。）有人认为批评（指出问题）是“破坏”，我们还是多做点建设性的工作。（一位理论期刊主编也曾当我面谈类似观点，我立即回应：批评即建设。我们指出一部作品文本存在的问题，是为了引起写作者的注意和改进，这是“破坏”还是“建设”？）而外界的各种议论和被批评者的情绪反弹，也难免要影响办刊人员的心态。面对这一切，如何保持清醒自觉的追求和定力，时时在检验我这个当主编的基本判断力。因批评一位名家而激起强烈反弹，有人背后讥讽我为“疯子”。我将此在电话中告知《文学自由谈》主编任芙康先生，他哈哈一笑说：“恭喜你！我办了几十年刊物，才被人称为‘傻子’，你却已经晋级到‘疯子’了！”

这个世界大概也不能全部由“聪明人”组成，也需要几个“傻子”和“疯子”。唯有这样，这个世界才完整。

三、老凤与新雏

办刊三年，要说个人有什么最直接的感受和收获，那么，最主要的就是，我感觉自己似乎是在某位博士生导师的门下，完成了学位的提升。因为三年中，专刊所有文章我都认真仔细阅读过，而且由于职业性需要，有的文章不止读过一遍。这些文章均出自当下中国最前沿锐利的优秀批评家之手，他们中有的是年逾古稀的老翁，有的是学养深厚文字老辣的学人，有的是“80后”才华横溢的青年学子……他们刊登在专刊上的文章，尽管风格各异，但有一点是共同且毫无疑问的：他们的文章，多是挣脱了人情的商业羁绊，在仔细阅读文本后作出的自己的独立评判，是遵从自己艺术感觉、从内心发出的铿锵有力的批评之声。

陈冲的幽默俏皮、李建军的缜密深刻、王彬彬的犀利严谨、郜元宝的绵里藏针、肖鹰的迅捷奋勇、韩石山的刻骨辛辣、黄惟群的感性精准……都已经成为《新批评》靓丽的风景，拜读他们的文章，如同在影院接连看好莱坞大片，欲罢不能。当职业性阅读变成快乐之旅时，就成了一种享受。

他们是“真的猛士”，是“东方的微光”“林中的响箭”“冬末的萌芽”。我是他们忠实的读者和“粉丝”。

河北老作家陈冲先生，可以视作批评界的老马和黑马，“正统”的学院派评论人士，一般不太接纳他的批评风格。用他的评论方式写博士论文，十有八九是难以通过评审关的。有人说他的文字太绕，但这个曾受过高等数学专业教育和训练的作家兼批评家，如果他在表述时出现了“绕”，一定有它“绕”的理由，在他“绕”的背面是有严格的逻辑链条支撑的。还有他的文字，俏皮、幽默、有趣，再严肃的话题，到了他的笔下，他都能轻松地让你饶有兴味地读下去。本刊在出刊两期后，曾在北京开了一个征求意见的座谈会。他在电话中，对我们那个座谈会很不以为然，潜台词是你们自己大概没有弄明白怎么办《新批评》吧？我就说：“《新批评》该怎么办？请你发表高论。”时隔不久，他发来两万字的长文《我想要的“新批评”》，从批评的本质谈到当下批评的沉疴，然后又以铁凝的长篇小说《笨花》为例，说明什么样的批评才是好的批评。文章虽长，却轻松好读，因此一次性占了《新批评》四个整版，此文获首届《新批评》优秀评论奖。在第三届《新批评》颁奖台上，陈冲先生又以妙文《你从“这边”看到了什么“风景”》第二次折桂。

李建军是唯一连续三届获得《新批评》优秀评论奖的批评家，

获奖作品分别是《〈蛙〉写的什么？写得如何？》《犹如泪珠射来颤抖的光芒》《为顾彬先生辩诬》。《新批评》评奖有一个基本规则，对待处在同等水平线的好文章，优先考虑未获奖者，优先考虑年轻作者，以让更多的人获得激励。《新批评》愿意重复奖励某位批评家，一定是评论本身成了该年度无法绕过去的重头文章。我注意到，李建军的批评文章在《新批评》刊发后，迄今尚未有人正面作出过有力的回应和反驳。我想，其中一个原因是他极富学理性的推论和判断，让每一个字都砸在实处，如同板上钉钉，要撼动它不是那么容易的事。

王彬彬的批评文章给人感觉数量不多，但他只要有文章出手，肯定是重量级的，每每成为学界热议关注的话题。与大多数学院派的评论不同，他的文章不仅犀利深刻、学识广博，而且清晰有力。

郜元宝先生性情温和，他的文风也颇有谦谦君子之风。读他的批评文章，在如沐春风的同时，也可感觉到他的识见如同老中医的那根银针，缓缓地扎入肌肤，在你尚未感觉疼痛时，针尖已经抵达穴位的最要害处。那篇曾获《新批评》优秀评论奖的《中国作家才能的滥用和误用》，对作家才能本质的评说分析实在精妙，令人拍案。

肖鹰先生是写文化批评的快枪手。每有文化热点出现，他的文章几乎同步到达编辑部。他依托深厚的专业学养写时评，因此面对同一话题，他总比大多数作者高出一筹。由于快，他的文章从发到编辑部到正式刊出，总是在不停地修订和补充之中。只有编辑才知，从最初的稿件到最后的定稿，肖先生经过了多少次打磨。

……

获益——不仅仅在拜读他们的妙文高论，还有通过各种渠道、方式的信息交流……

四、求真与向善

当一种办刊理念付诸实践时，因我们的专业水准不够，理念与实际操作会发生“摩擦”，使得实际效果偏离理念的轨道，是经常发生的现象。比如专刊倡导“真诚、善意、锐利”的办刊理念，但落实到某篇文章中，如何具体地体现出来？编辑部常常为此困惑和苦恼。所谓“好处说好、差处说差”的公允、客观的批评，具体到某篇文章中，“好”“差”应该各占多少比重？谁能给我们提供一个可以用来衡估所有文章的尺度？“锐利”地指出问题的批评，常常被人误解为是不怀好意的，更遑论被理解为“善意”。

在专刊三年来刊发的文章中，除了个别署笔名的文章不排除有隐藏在背后的难以言说的个人动机，我可以负责任地说，并无哪位批评者因个人间有私仇而泄恨，故意与被批评者为“敌”。他们的文章是真诚的，他们的出发点也是善意的。我理解，指出问题的批评，是从更高层面释放“善意”，正所谓“忠言逆耳利于行，良药苦口利于病”。韩小蕙女士在《新批评》创刊两周年的研讨会上说过一句话，至今仍让我记忆犹新：“在生活中，批评往往只有在亲人间才会发生。因而批评其实也是明亮的阳光。”相形之下，那种出于各种个人目的而发出的谀词，听起来顺耳舒畅，其实却是一种“伪善”。

中国传统文化中人情世故的因子，流淌在每个中国人的血液中，一部中国文学批评史大多是说好话、泛泛而论的历史。刘勰的《文心雕龙》是全面梳理中国文学审美基本原理的理论经典著作，但不是现代意义上的批评著作。金圣叹是一位直接面对文本的天才的批评大家，但他也是以正面肯定为主的，至于腰斩《水浒传》，也不涉及人情世故问题。施耐庵不会从棺材里爬出来，与他对“骂”，或打一场笔墨官司。到了现代鲁迅、李长之这里，批评的“火药味”才开始浓起来。但他们的这种批评精神几乎难以为继。新中国成立后，一个正常的文艺批评生态一直未能形成，“捧杀”与“棒杀”几成常态。因此，我个人认为，中国文学继五四新文化运动后，需要继续启蒙，而中国的文艺批评更需要启蒙。回到常识，回到文学本身，回到真正的文艺批评，需要文学界、知识界同心协力。《新批评》在这方面，只是做了一点尝试。建立一个健康正常的文艺批评生态，需要方方面面共同来浇水培土。

毋庸讳言，《新批评》确实是批评了一大批当代文学名家，这是因为名家、大家的作品具有示范、引领的作用，他们的优点会被放大，他们创作中存在的问题也更易被效仿，当然也就更具有批评的价值和意义。在《新批评》创刊初期，南京大学一位教授问我：“你们在上海，敢发批评王安忆作品的文章吗？”他大概没有想到，他的话音刚落，《新批评》第三期就刊发了两篇谈王安忆新作《天香》得失的文章。且不论文章所论是否精当，见仁见智，都很正常。我们也根本不会预设立场，引导批评家故意挑某位作家作品的刺。我们从来都充分尊重批评家自己的独立判断。其实，批评王安忆的作品，还有另一层意义在，《文学报》并不因为在上海出版，就对上海的作家尤其是名家网开一面。任何一位作家，他的作品只要公开出版发行，就得接受专业的和非专业的各类读者的评说和检验，没有什么艺术的创造者可以在这方面享受“豁免权”。如果有一天，《新批评》刊发了批评铁凝主席创作的新作，那也是一个正常的批评行为。没有真正的批评，要催化文艺创作的繁荣该从何谈起？批评从来就如阳光、空气和水，伴随着整个艺术创造的过程。

可以不夸张地说，在建立一个健康正常的文艺批评生态方面，《新批评》点点滴滴的努力，已经产生了一定的效应。

五、作家与批评家

《文学报》曾经就创作与评论如何建立良性的互动关系，举行过一个研讨会。与会的有诸多著名作家和批评家，我们有意识地把两个群体聚集到一起，展开一次有关如何良性互动的对话，气氛之热烈出乎我的意料。

作家与批评家良性互动的关系，应该是一种什么样的关系？经过几个小时的讨论，并未形成什么共识。有的说，批评不承载指导作家创作的功能，批评只是批评家通过文本分析来表达自己对世界以及创作的理念；有的说，批评家和作家保持一定的距离为好，过于密切的关系会影响到批评家对作品的评判；有的作家以亲身经历说明，批评对自己创作所起到的难忘的作用……用一句套话来形容那个讨论会——众说纷纭，莫衷一是。但有一点，是所有与会者共同感受到的，大家发表自己意见时都很坦诚。

或许，我们并不需要什么“共识”。“对话”本身就正是我们需要的“良性互动”的样本。

这里，我想从近期发生的一个有趣的个案入手，来谈如何看待两者关系。其实，我所提供的个案，在我脑子里撞击出来的思考，已经超过了简单的批评家和作家如何良性互动的问题。

今年年初，编辑部收到青年批评家翟业军批评方方中篇小说的文章，题为《与方方谈〈涂自强的个人悲伤〉》。在走编审流程时，

——蒋立冬　绘

该文无任何障碍。仅从文章本身看，有理有据，似乎无懈可击。就在准备发稿时，有编辑提出一个问题：方方的中篇小说《涂自强的个人悲伤》，首发于2013年《十月》杂志第二期头条，随后被很多选刊选载，进入年度排行榜，获得各种奖项，产生了广泛的影响。但翟文将这个小说文本“批”得非常不堪，诸如“生硬、虚假、不可救药的自以为是……”，如此“粗糙”的小说为何还能产生很大影响？那么，究竟是文坛有问题，还是翟文有问题？为慎重起见，编辑部开始传阅方方的这部中篇小说。读完了这篇小说，我产生了与翟业军几乎截然不同的感受。总体上这是一部非常感人和吸引人的小说，文字简洁有力。于是，这篇翟文在我邮箱里“休眠”了很长时间，发与不发，一直举棋不定。此时，编辑部有人愿意写与他争鸣的文章，于是就决定先发翟文，再发争鸣文章，并在编者按里请更多的专家和读者参与讨论。

翟文发后，即被新浪读书官方微博全文转发，在读者中引发热议，跟帖有280多条。尤其令我想不到的是，方方女士把这篇文章又从新浪转到自己的微博中，并写下这么一段话："这个帮转！人和人之间差异很大。每个人的成长背景、教育背景以及性格气质都不一样。作品发表，有人引起共鸣，有人激起抵触，有人格外喜欢，有人格外反感，都很正常。电脑还有不兼容系统，人更是。正因有各种的不相同和不相兼容，这世界才丰富有趣。我们彼此所要做的是：各自努力把自己的文章写好就是。"这段话，与她的小说一样深深打动了我。这是《新批评》创办近三年，唯一见到的著名作家对批评的正式回应，而且"回应"得如此大度和睿智。她希望她的几百万"粉丝"也转发这篇批评她的文章，显示了她豁达的胸襟和自信。

在后来的争鸣文章中，我发现挺方方和翟文的观点都有，有些作者和读者读方方小说的感受也不完全与我本人相同。这件事，撞击出我多方面的思考，如：作为掌握生杀权力的编审人员，如何看待与自己感受和观点相左的文章？如何看待文艺批评中的"偏见"和"偏激"？作家尊重批评者的批评权利，但批评者如何也尊重作家自己的感受以及在创作中付出的艰辛劳动？等等。

如何建立健康正常的文艺批评生态？什么样的批评才是对文艺创作真正有益的批评？大概各方人士包括我这样与批评相关的编辑等，都还需要继续接受启蒙。

六、鲜花与板砖

风雨和阳光，鲜花与板砖，始终伴随着《新批评》前进的脚步。

我想，这完全是一个正常的现象。《新批评》本来就是逆水行舟，与恶化的文艺批评生态为“敌”的。如果它受到众口一词的赞誉，反倒是有悖常理的。我们不能寄望于“羊”给“狼”唱赞歌。如果我这里详细记录《新批评》受到的关注和褒奖，要用很长的篇幅。也有“自我表扬”之嫌，就如同在自传中大谈自己如何过五关斩六将，会令人生厌。关心《新批评》的读者和专业人士，不难从各类媒体上搜索到对《新批评》评价，然后作出自己的判断。这里，我只想说说我亲历的两件小事：

第一件事是，2013年底，我在北京现代文学馆参加一个研讨会，会间，坐在我身边的白烨先生告诉我，鲁迅文学院执行副院长白描跟他要了我的电话，说是要跟我联系，他说他有篇文章大概也只有《文学报·新批评》能发得出，想把文章发我。听了这话，我心中是怦然一动的。一份媒体能够得到作者如此信任，对于一个媒体人，还有什么奖赏比这更珍贵？虽然白描先生的大名，我早就如雷贯耳，但此前我们从未谋面，彼此也没有联系方式。隔了两天，白描先生把他的那篇掷地有声的文章发给了我，不久该文刊于《新批评》头条，题为《要有肚量听真话——我看文学陕军再出发》。这篇文章全票通过，获得第三届《新批评》优秀评论奖。

第二件事是，2013年夏我到西安，听陈忠实先生亲口对我说，他唯一一份自费订阅的报纸就是《文学报》，而订《文学报》就是因为喜欢看《新批评》上的那些文章。而这一细节，在第三届《新批评》优秀评论奖获得者李建军的“获奖感言”中，再次得到证实。说明陈忠实先生不止对一个人说起过他对《新批评》的喜爱……在李建军的“获奖感言”中还透露一个信息：“台湾老作家郭枫，谈起《新批评》来，赞赏有加，说即使在台湾，也没有这样一个好平台。”

《新批评》在风雨兼程中已经成长为一棵树，虽然它还不怎么粗壮，它的年轮才刚刚三圈，但从它的生命力看，相信它还将继续生长。在筹备它三周年的纪念活动时，我想起苏东坡的词《定风波》中的两句，录此与《文学报》编辑部同仁共勉："莫听穿林打叶声，何妨吟啸且徐行。"在这里，我要衷心感恩、感谢给予它呵护、包容、扶助的各方人士！

（本文曾同步刊于《光明日报》和《文学自由谈》，刊发时有部分删节。文首"编者"的文字系彼时《光明日报》的编前语。）

2014.6

·枕边书语·

妄分轩轾的“危险”

——读李建军新著《并世双星：汤显祖与莎士比亚》

2016，中国学界的压轴之作，向莎士比亚与汤显祖致敬的最为厚重的理论建构。

四百年前（公元1616年），人类星空有两颗璀璨的巨星陨落。他们分属东西方，然而都是文学史上不朽的巨子。穿越数个世纪，人们仍然在剧院和书籍中享受他们的精神创造。在此刻，想起他们、纪念他们、品味他们，是出自我们内心的自然生发，而非某个外力需要来擦拭遮蔽着他们的尘埃。对他们的记忆，不需要人为地唤醒。他们穿过岁月和种种“偏见”，仍活在当下。

就在此刻，评论家李建军用一部30多万字的专著来品评他们的艺术成就和内蕴，无疑是一件非常有价值的事。笔者有幸成为这部书的首批读者。当然，我也毫不讳言初获新书的担心，担心这部出版社“命题”的书，进入我们视野的理由仅仅是“纪念”。读毕全书，我的“担心”被惊喜所取代。建军先生，倾注全部心力，挥洒才情，使得这部理论专著成为他多年阅读思考、文学批评积累的一次爆发和飞跃。这部书是理论的，但表达却又是充满激情和诗意的，新见迭出，文采斐然，文气贯通——犹如瀑布，飞流直泻。即便是望理论而生畏的阅读者，也可以如同进剧院欣赏《罗密欧与朱丽叶》和《牡丹亭》一样，轻松地跟随他一起，进入两位巨星的精神世界。

读此著，我受到的最大启发是，作者提出了一个学界未强烈意识到的重大问题：不同语言在转译过程中无可避免的一个问题，即不同语种之间转译的困境。不同地域、民族创造的不同语言，都会蕴含着该民族独有的遗传密码、人文信息、表述方式，有些语言表达在本民族人民中，是只可意会无法言传的，更何况用另一种语言来传递。因此，无论英译汉，还是汉译英，在转译过程中都必然会产生信息损耗的状况。作者特别强调了汉语言文学作品，转译成其他文字的难度。他认为：

> 真正意义上的文学语言，都表现出对翻译的反抗和不服从的姿态。……深蕴在文学语言深处的美感和诗性意味，很难被翻译和转化到另一种语言中去。作为一种“深度语言”，汉语对翻译的抵抗性似乎更强。

由此带来的状况是，我们在读他国翻译过来的著作以及他国读者读汉语文学作品，之间有无法消解的“隔”。莎士比亚与汤显祖都是伟大的剧作家，但在世界范围的影响或有强弱，其中就有翻译带来的障碍。无法想象，汤显祖那些典雅、细腻、深刻，充满馥郁诗性的文字，翻译成英文该如何表述？“若如玉茗‘四梦’，其文字之佳，直是赵璧隋珠，一语一字，皆耐人寻味。”（吴梅《顾曲麈谈》）如此充满“微意象”的文字，如何译成其他语种而不失其味？

意识到这一点，我们就会坦然地面对这样一个问题：包括汤显祖这样的中国杰出作家的经典作品，为何很难产生世界性的影响？建军先生提醒学界：“我们无须为如何帮他‘走出去’而煞费心思和焦虑不安。”我想接着说的是，一个中国作家的文学成就，恐怕也不能用能否“走出去”来衡量。他的文学成就所抵达的高度，完全取决于他在本国人民心中的认同度。经过翻译的文本，往往与它的原貌大相径庭，因为它们是经过不同语言再创造的文本。因而，一个好的翻译，可以把三流作家翻译成一流作家；同理，一个差的翻译，也可能把一流作家翻译成三流作家。莎士比亚在汉语世界的影响力，得益于朱生豪精彩的莎士比亚译文；那么，谁能担当英语世界的汤显祖的“朱生豪”呢？由此想到，我们的文化自信，似乎也无须建构在汉语言文学作品在世界范围的接受度上。赛珍珠曾经在诺贝尔文学奖的领奖台上，高度赞誉中国四大古典名著小说是世界上最好的小说。她的评价之所以有说服力，是因为她曾在中国生活了四十年，能够深刻领会汉语言文字的魅力。同时，她又是谙熟英语的美国作家。

这样一个基本认知，成为李建军先生构建专著《并世双星：汤显祖与莎士比亚》理论框架的基石。在品评两位巨星的文学成就时，他时分时合，对他们各自所处时代的特征及与创作、命运、生活的关联，对他们的戏剧文本蕴含的深刻的思想内容、精神向度、美学理念，对他们塑造人物的不同技艺，对他们伟大的人格形象，都进行了精到的评析。他不断地寻找，不断地开掘，不断地发现，然后对他们的共同点和异质点，进行客观的鉴赏和论说，却绝少如某些学者那样，在他们之间妄分轩轾。论异同，却不论高下。“兰有秀兮菊有芳”，他们都是人世间绝佳的风景。两座耸立在不同地域的山峰，褒贬失当，则陷虚妄。难能可贵的是，建军先生在品评他们的文学成就时，既对他们的艺术高度给予充分阐释，同时也客观地综述了他们在不同疆域引发的巨大争议。面对争议，作者用现代学者的眼光，对其争议的焦点进行深度剖析并表明自己的态度。

引我深思的是，两位大师级的作家、学者，曾对莎士比亚和汤显祖有过极为尖刻乃至否定性的批评。在托尔斯泰眼中，“不仅不能把莎士比亚看作伟大的、天才的作家，甚至不能看作最平常的文人”。“莎士比亚享有的无可争辩的天才的伟大作家的声望，以及他迫使当代作家向他效颦，迫使读者和观众歪曲了自己审美的和伦理的见解，在他的作品中寻找不存在的优点，像所有的谎言一样，是巨大的祸害。”写过《宋元戏曲史》的王国维先生，对汤显祖也作出过类似的批评，他认为戏曲：“明以后无足取，元曲为活文学，明清之曲，死文学也。”“汤氏才思，诚一时之隽；然较之元人，显有人工与自然之别。故余谓北剧南戏限于元代，非过为苛论也。”面对类似对两位伟大戏剧家的尖刻批评，同样也曾尖刻批评过许多当代名家的李建军先生，则显得雍容大度和理智客观，他不是简单地为莎、汤回护，而是深入分析批评者的美学思想和趣味，以及由此产生的“偏见”。对“偏见”，作者有态度，却也不过多辩驳，而是综述各家观点，让读者去做延伸思考。

托尔斯泰和王国维对两位同样是大师级戏剧家的严苛批评，让我想到了另一个问题：作家有三六九等，批评家也有三六九等。当一位顶级的批评家批评一位作家时，作家会否想到，相比较那些三流批评家的廉价表扬，能够享受他的批评，其实应该感到荣幸。因为进入他的视野也是需要“门槛”的。

在品读本著时，我的思维也不断地被撞出火花。我不断地在书的页边写下自己的感受，有些感受是可以另行撰文、独立成篇的。作者的评析中也有笔者并不认同的“偏见”，但我愿意享受一部充满卓见但也不乏“偏见”的让人提神的好书，而不会让时光耗费在那些通篇皆为正确“废话”的书上。

2016.11

完整呈现前行的脚印

——《文学报·新批评文丛第一卷》卷首语

《文学报·新批评》(简称《新批评》)专刊创刊于2011年6月2日。按照常规，在创刊号卷首应该有个《发刊词》，申明办刊宗旨和内容定位，一是便于作者赐稿，二是便于读者阅读识别。但本刊在首期推出时，却没有《发刊词》，似乎有点不合传统戏剧程式，开场锣鼓未敲，人物便甩着水袖登场了。这并非编辑部大意疏忽，其实，可以写在《发刊词》里的有关内容，在它诞生前发布的《征稿启事》中已经反复申明了，那就是现已广为人知的“三提倡、三反对”：

> 倡导真实、真诚和自由、锐利的诚意批评，反对谩骂式的人身攻击；倡导“靶标”精准、精到的及物批评，反对不及物的泛泛而论；倡导轻松、幽默、透彻的个性批评，反对故作高深、艰涩难懂的“学院体”。

后来，编辑部又将之概括为六个字：“真诚、善意、锐利”。

在《新批评》亮相前，已有很多权威媒体，对当下的文艺批评生态存在的痼疾，给予了严厉的批评。但如何改善“沉沦”的批评生态，却很少有人践行之。《新批评》之所以甫一出现，就引起文学界、知识界的普遍关注，大概就因其将“呼吁”付诸行动，不仅高举批评的旗帜，连续不断地发出批评之声，而且隔周每期用八个版的容量集中刊登批评文字，内容涉及文学名家新作的文本分析以及文化现象、戏剧、影视等，颇有点“逆水行舟”的味道。常有人问:《新批评》“新”在何处？或许，这也是其“新”之一吧。

古人云:“誉满天下，谤亦随之。”说《新批评》“誉满天下”，实在有点“王婆卖瓜”了，但“谤亦随之”却是一个客观存在。应该说，这个“谤”包含着复杂的内容，既有善意的“误读”，也有不适应带来的恶意攻击，当然也有《新批评》成长过程中种种不足引发的“争议”。不管是赞誉，还是善意批评抑或攻击，《新批评》皆以宽容、包容的气度，从各种不同的意见中吸取营养，然后整整衣冠，继续出门上路。因为，我们清楚自己从哪里来，又该向何处去。只要不做“亏心事”，是用不着害怕半夜“鬼敲门”的。

在《新批评》出版一年多后，编辑部同仁就酝酿将内容结集成书，但一直举棋不定的是出“选集”，还是完整呈现每一期的内容。经过反复斟酌，最终选择了后者。其考虑是，这样可以原貌展示《新批评》前行的脚印，正的斜的、美的丑的，都纤毫毕现，不加掩饰；再就是，便于有兴趣研究当代文艺批评史的人，查阅所有的文章。

《新批评》丛书将一卷一卷连续推出，祈请广大读者垂注并赐教。

（本文是作者代《文学报》编辑部起草的《“新批评”文丛》卷首语。）

2014.7

《家父》的文本困境

友人赠我一册书，名《家父》，厚达500页，托在手上沉甸甸的。不过，这年头，长度已经不是一部书让人产生敬畏感的主要元素。因为，一年几千部长篇小说的出版数量，给人一种错觉，似乎长篇小说的创作难度大大降低了，或能够驾驭长篇小说文体的作者正在呈几何级数增长。但让你能一口气读完，“每一页都处在高潮状态”（茨威格语）的长篇小说依然寥若晨星。用长度来维护长篇小说的尊严，事实证明是难以奏效的。

看书前，我问友人：“是不是又要开研讨会？”友人答：“不开会，不需要写书评，也不需要做任何报道，作者只是想小范围听听圈内朋友意见。”如是，便如释重负。因为那种带有职业性目的阅读的紧张感没有了。既然如此，那就随便翻翻，或从“楔子”读起，或从后记、尾声读起，或抽读跳读……我非常享受这种随心所欲、快乐的阅读状态，其实，在这样一种阅读状态下，我们可能更易接近文本提供的艺术质地。

《家父》是作者以父亲为原型创作的小说，用时下流行的说法，是一部带有传记色彩的“非虚构”小说。这样一种文本定位，我是从作品的“楔子”和“后记”中知晓的，在“楔子”中作者问妈妈:“如果写一部以父亲一生为主题的传记小说，你觉得从何写起呢？”……在《后记》中，作者自述:“就这样，这一本不像小说，也不像自传；不像回忆录，也不像家史的书就呈现在人们面前了。”这样一种跨文体的写作，既非作者创造，也非当代某个理论家发明，早在苏联时期就有纪实小说的文体出现。这样一种文体之所以出现有其内在的原因；在写作实践中，也有其无法克服的局限和环境因素。其存在原因和面临的困境，很多写作者并没有意识到，包括《家父》的作者。近来，又有人提倡“非虚构小说”，弄得某些作者盲目地当写作时尚来追逐。

《家父》的文字是简洁而流畅的，作者的情感也非常饱满，因为在写作时，在作者心中，始终矗立着刚刚故去的父亲那高大而亲切的形象。封面上那把空椅子，意味深长，形象地传递了一种人去椅空、绵绵不绝的思念。因为父亲的一生，经历坎坷而奇特，书中也有很多鲜为人知的“猛料”。这些都是作品带给我的最初印象。但深究下去，问题就来了:作者为什么一定要采取这样一种“非虚构小说”的文体来表现父亲？苏联时期的纪实小说，有其出现的内在原因，即为了规避用报告文学真实反映生活中“阴暗面”所可能带来的麻烦。即使这样，仍然有人因为采用这种文体，而给自己带来了现实纠纷乃至牢狱之灾。前些年，福建一位作家就因为在真人真事基础上写的小说而惹来法律纠纷，把自己写进了“大墙”。因此，这样一种文体多年来始终未能兴盛起来。那么，《家父》的作者采用这样一种文体的必要性何在呢？如果索性写成一部传记，真实客观地反映父亲的一生以及他的生命轨迹中折射出的历史印痕，写成一部父亲的信史，其价值岂不更大？如果按照现在作者提供的文本，是一部“传记小说”，其落脚点应该是“小说”，而非“传记”。其中有多少真实成分，读者是不关心的。小说的读者只关心它是否

——张世华　绘

具备小说带给他们的那种虚构性艺术的审美愉悦，诸如阅读时的期待感、紧张感；诸如情节发展有无内在的逻辑驱动；诸如对人性的揭示是否具有抵达人心的力量……显然，《家父》的作者，由于受真人真事的框限，未能做到将父亲的生活经验揉碎、重组，使自己的艺术想象飞翔起来，让文本获得优秀小说所具备的品质。这样一种两头不靠的文本特性，是《家父》写作最大的遗憾。

面对父亲人生经历这样一个题材，我们不能强求作者一定要采用何种文体来表现。这既要看“食材”给作者提供了烹制何种美味的可能性，也要看作者具有烹制何种菜系的功力。如果《家父》的写作，仅仅是寄托作者对驾鹤西去的父亲的哀思，其目的已经完全达到了。作者完全可以“如释重负”。但作者的思念和情感，要打动更多的读者，让读者与作者产生情感共振，那么提供什么样的文本，则是作者不得不首先要面对的问题。要不走传记的路数，从父亲的小历史进入大历史，使文本具有史料价值或提供真实的人生感悟和经验；要不走小说的路数，让文本具有小说阅读内在的艺术张力。“非虚构小说”当然也是一种路子，但我看不出，面对这样一个题材，有采用此种文体的内在必要。

2014.5

“高言大句”说梁衡

梁衡先生驰骋文坛多年，其妙文也拜读过多年。关于先生文章的评论已经可以编成文集了，我还能再写点什么呢？

他的那篇写瞿秋白的佳作《觅渡，觅渡，渡何处？》面世已 20 年，镌刻在瞿秋白纪念馆的石碑上，今天重读仍力透纸背，光焰炽热。其中的经典名句，让人读后“若受电然”。瞿秋白在中共党史上曾是“领袖”级的人物，但历史似乎有意怠慢他的“领袖”角色，乃至于他洒在刑场上的血痕，也被无情的时光冲洗得了无印迹，而他那篇锥心文章《多余的话》，却穿越历史的时空隧道，继续活在当下。其不朽价值何在？是因为，在他即将告别这个世界时，对自身无情地“举起了一把解剖刀”，“把行将定格的生命的价值又推上了一层”。

鲁迅时时解剖自己，这是一个文学家对自己的解剖；瞿秋白的解剖，其非凡意义在于其作为中共曾经的领袖，对自身举起了反思与批判的解剖刀。这样一种自我反思、反省、批判的精神，正应是马克思主义理论的精髓之一。

与瞿秋白《多余的话》思想文脉相连，也与中国传统士人心忧天下、家国情怀精神文脉相连，这是梁衡先生文章的特色，也是他诸多文章直达人心的魅力。所谓“铁肩担道义，妙手著文章”，在今天文坛很多创作者那里，已经如同博物馆里陈列的古器文物，可观赏、可把玩，却不时尚，更不实用。但是从屈原、司马迁、杜甫、范仲淹、辛弃疾、龚自珍……延续而来的中国士人风骨、情怀、文脉，在今天我们有什么理由任其断裂，甚至将之抛弃？在这里，我要向梁衡先生表示敬意，数十年，他一直在从事承续这一文脉的努力。尤其是在他担任高层管理者、在很多人看来仕途“春风得意”之时，仍不失自己的“书生”本色，实在难能可贵。

他的一首诗，让我特别感动：“文章千古事，纱帽一时新。君看青史上，官身有几人。”对中国传统文人而言，学而优则仕，做“名臣”乃至成为帝王师，是其人生首选，他们在做不成“名臣”时，才去吟诗作文做“名儒”“名士”。即便如柳永这类多愁善感的文弱书生，目标也是要做“卿相”，而非要到烟花巷、青楼上为歌妓们写歌词的。在他活着时，也绝非如现代的文人，下笔时就想着要获什么大奖，要在文学史上留名。所谓伟大的婉约派词人代表，是后人封给他的。他一生沉湎于酒色之中，是不得已也，寻欢作乐是其表，悱恻痛苦是其内。他的词才为他赢得了“凡有井水处皆歌柳词”的名声，这种名声乃无意中得之，也不会让他觉得有什么成就感。那些高居庙堂的士大夫们，有几人会正眼看他呢？因此，文人的首选目标是“名臣”。这并非有什么错，成为“名臣”不仅可以锦衣玉食，有抱负的饱学之士也才能将自己的治国理念付诸行动。否则，哪来的话语权？历史上的无数案例证明，“名臣”与“名士”，常常不可兼得。如果兼得，往往也是在不同的阶段，或“名臣”，或“名士”。范仲淹的经历或许能说明这一点，他先是高居庙堂，实施他的改革理念。而到改革受阻被贬谪后才有了那篇不朽美文《岳阳楼记》。梁衡先生的官阶，在古代起码是“三品”以上大员吧？毋庸说古代，即便当今，也几乎是人人歆羡的成功人士。但他难得有一颗文心，清醒地意识到，头上的乌纱帽，不会成为永不熄灭的光环，而著书作文方有可能成为不朽之盛事。

也许正是这种“兼”，形成了梁衡独特的叙事风格。用我未必恰当的表述是“高大上”。他显然对吟咏风花雪月不感兴趣，对野草闲花也无意流连。他选择的描述对象，要不就是那些青史留名的伟大先贤，要不就是在现当代史上举足轻重的人物。与这些叙述对象相对应的，则是他的文字风格，“高言大句”，字正腔圆，铿锵有力，有些篇什可谓字字珠玑、妙语连篇。即便写山水，写景，也一定从中悟出深刻的“道义”和“哲理”来。在《读柳永》中，写柳永这样一位因仕途失意而流落青楼酒肆、以为歌妓写歌词谋生的词人，梁先生也要从中挖掘出“闪光点”来。他的表述很巧妙，用了“市井”一词。他认为：“市民文化呼唤着自己的文化巨人。这时柳永出现了，他是中国历史上第一个专业的市民文学作家。市井这块沃土堆拥着他，托举着他……”于是，柳永就不仅仅是性情柔婉、才华横溢的词人，几乎也是如荷花般出污泥而不染的君子典范了。这就是梁衡眼中的柳永。你未必完全认同他的评析，但你得承认，他写出了自己眼中的柳永。每每读到类似文字，我也有点担忧：梁先生“名臣”的职业身份和习惯性话语，会否影响文学性表述的纯粹？

梁衡先生“高大上”的叙事风格，来自他明确的散文创作理念。他曾有文，鲜明地提出散文要写“大事大情大理”。作家的叙事风格，往往是由他本人的学养、气质、环境、心理等复杂因素化合而成的。梁衡追求的“大”，未必他人就能做到。有的“大”，梁先生写得，换个人可能就写不得。写了也没地方发表。写作者还是要根据自身才华的本质，来选择最适合的题材和叙述方式。这样，我们才能看到一个姹紫嫣红、缤纷多姿的散文生态。梁先生散文的过人之处在“高大上”，但若作一点苛求，他的局限也在过于“高大上”。如果在正面强攻时，有点迂回;在“高言大句”时，抹些许“闲笔”；在阳光明媚后，洒几缕斜风细雨，那就犹如咀嚼橄榄，更有余味了。

写到这里，我发现受梁先生影响，这篇简短的读后感也有点“高大上”了。其实，我倒更愿意用“戏言”的方式来表述我的读后感。但面对一位集“名臣”与“名士”于一身的令人肃然起敬的长者，我的“戏言”只能在喝茶时闲聊，不适合写成文字。

2016. 6

“设计”他人与被人“设计”

——伍绮诗《无声告白》读后

开卷欲罢不能，掩卷有锥心之痛，一缕复杂的心绪久久缠绕不去。普普通通的家庭生活，平平淡淡的人生经验，却被演绎得如此暗潮汹涌、惊心动魄。

还是在半年前，有位记者电话采访，问我对伍绮诗《无声告白》的看法。当时我因一部书稿，正沉埋在故纸堆中，对作者背景、作品内容一概不知。近日看到又有媒体在谈论这部华裔女作家伍绮诗写的长篇处女作，知道这部小说在美国出版后曾获得如潮好评，位居亚马逊年度最佳图书第一名。于是网购一册，细细品读。封底有亚马逊编辑和《赫芬顿邮报》诸多评语：“没有任何一处落笔是粗疏的”“好得就是这么极致”“深情力透纸背……用词精准而克制，文风温婉而细腻”“爆发力惊人”……

打开书页时，是有点担心这些赞美之词会败坏阅读胃口的；同时还担心，因为翻译的缘故，读中文本未必能获得如欧美读者阅读时的那种震撼。那就先把那些带有包装色彩的符号扔掉，将之当作一部普通的小说来读，免得因过高的期待而失落。

小说这一文体，经过了神话、传奇、话本、现实主义、现代、后现代，各路流派都有经典文本存续，穷极想象的各类技巧都有成功的案例可举，那么，今天我们对小说还要怀有什么“期待”？所谓“精致”“温婉”“爆发力”……都很难说是一部好小说的独特贡献。大多小说都是在向已有的经典文本致敬。那个“致敬”的手势，能够做到潇洒一点、标准一点、利索一点，就已经很不容易了。那么，我所期待的“独特贡献”是什么呢？换种说法，也就是当代小说家还能在何处有所为？我的渴求是，能够对生活有一点独特的“发现”。生活是一条奔腾不羁、变幻莫测的大河，“技巧”可以穷尽，而对生活的“发现”则是无法穷尽的。举一例吧，若干年前，人们能想象到互联网对人类的生活形态会带来如此巨大的改变么？

在阅读《无声告白》时，有一个问题时时萦绕在我的脑际：世界上有无人生轨迹设计师这种职业？我相信，研究人力资源的专家会肯定地回答：无。但在生活中，无数有意识、无意识充当人生轨迹设计师的人，就在我们身边。我们自己就常常在不自觉地扮演

——蒋立冬　绘

“设计”他人，同时也是被他人“设计”的角色。有的人，也许曾有过“设计”自己的念头，但因为种种有形无形的制衡，此念头在“无奈”中尚未留下生命的印痕，便消逝得毫无踪影。如果这么说显得有点玄虚，那么笔者就来点“形而下”，谈一点发生在自己生活中的事。就在读《无声告白》时，有友人从另一个城市发来微信，问我最近在干什么。在我回复后，他问我：怎么不去游山玩水，写写游记？我知道，他正在博客上乐此不疲地记录“到此一游”。当我回复对写游记毫无兴致时，又一段长长的微信发来，内容是“指导”我应该投资股票，同时应该写经济类的文章，这样挣钱轻松又快……我没有就此话题与他继续讨论下去。我曾在一篇写此友人印象记的文章中，直言不讳地称他为“拗人”，一发现他的“拗”劲儿上来了，我便立马敬而远之。如果再“拗”下去，他可能要向我传授巴菲特的炒股神技了。我还记得童年时，我的母亲曾经想让我学一份木匠手艺，有位沾亲带故的木匠师傅也答应收我为徒。至今提起此事，太太仍嘲笑我，如果不是当兵出来混，可能还在乡村或某个城市的工地上当木匠。我则半开玩笑地回敬：“如果我当木匠，也一定不是普通的木匠，没准会成为月星家具老板这样的木匠。”我没有成为母亲“设计”的木匠。可是，当我们为人父母时，不也在按我们的理想为下一代“设计”未来？

好了，还是回到小说中来。当某种生活“发现”，不是通过理念（这是哲学家干的事），而是通过一滴晶莹剔透的水珠、一根鲜嫩青葱的水芹菜、一朵含苞欲放的蜡梅、一坨散发着牛粪热气的土疙瘩……一个从未被人讲述过的建构在心灵上的故事来呈现时，一部有着独特贡献的小说也许就呱呱坠地了。《无声告白》的开篇第一句就抛出一个扣人心弦的悬念：“莉迪亚死了，可他们还不知道。1977 年 5 月 3 日早晨 6 点 30 分的时候，没有人知道莉迪亚已经死了……”这个由不同族裔组成的家庭，因为女儿莉迪亚的不明失踪，而开始失去原有的脆弱的平衡。虽然小说以莉迪亚之死来勾起阅读者对死因真相的追索，让读者心绪不宁地始终在字里行间搜寻通向终极的迹象。但作者显然意不在此，她是以此为杠杆，徐徐撕开覆盖在一个家庭生活之上的幕布，揭示出维系家庭成员关系的那根脆弱的链条。从表层看，整个故事的轴心人物似乎是莉迪亚，因为她的不明失踪，父母詹姆斯、玛丽琳，兄妹内斯、汉娜，邻家男孩杰克等都被牵动起来。很多论者，也都把莉迪亚看成是小说的主人公。笔者却另有感触，我以为真正连接整个故事的轴心人物应该是莉迪亚之母玛丽琳。她在这个特殊的美式家庭中，扮演的是连接左右，同时有承上启下作用的角色。因此，费点笔墨解读下这个人物，则整个故事的门锁就豁然打开了——

玛丽琳的母亲为她设计的人生轨迹是：丈夫、孩子、房子，她圆满地完成了母亲的“设计”，她生活的全部内容就是“管理这三样东西”。母亲留下的珍贵遗物是一本带有她体温的《贝蒂·克罗克烹饪》书，父母失败的婚姻使得母亲格外关心女儿的婚姻，她精心地为女儿“设计”了如何成为一个好妻子、好母亲。在烹饪书的“蛋的基本烹饪”页边，有母亲的嘱咐：“你会知道嫁的男人他喜欢吃什么样的蛋。他可能不喜欢你做的蛋，所以，一位好妻子，应该掌握蛋的六种基本烹饪方式。”在书的页边还写着其他类似的生活警言：“你将发现，你的色拉制作技巧，决定着全家的生活质量。”母亲“梦想过上金光闪闪、萦绕着香草味道的生活，最后却孤独终老，像一只困在这座空荡荡的小房子里的可怜苍蝇。……除了书上的铅笔划痕，她生命中的印迹无处可寻”。玛丽琳圆了母亲的梦，可是她却不是她自己。她对蛋的六种烹饪方式不感兴趣，这位曾读过大学化学专业的家庭主妇，一直梦想着到医学院去拿一个学位，然后成为医生或医学教授。玛丽琳不想沿着母亲为之“设计”的人生轨迹走到生命的终点，因此她曾试图挣脱原有的生活轨迹，有过一次出乎全家人意料的不辞而别。玛丽琳几乎是整个家庭生活的顶梁柱，她的突然“抽离”，如同一场突袭的大地震，让这个家处于不停摇荡随时要坍塌的状态。这个情节的设置，对莉迪亚后来的失踪及死亡，有着重要的提示性意义。她没有能挣脱原有的生活轨迹，因突然发现肚子里已经怀上了后来的小女儿汉娜。她又回来了，那个摇摇欲塌的房屋，又恢复了往日的平静。她只能在她最为宠爱的女儿莉迪亚身上，找回自己的梦想。也许她对女儿人生轨迹的“设计”并非有意识的，或者说，她在内心深处毫无保留地对女儿倾泻着全部的爱，绝不希望女儿重蹈自己的悲剧命运……可事实是，悲剧命运在莉迪亚身上重复上演了。

玛丽琳的爱让莉迪亚一直处在“恐惧”之中。莉迪亚不仅生活在母亲的欲望中，也生活在父亲詹姆斯、哥哥内斯的欲望中。母亲的关爱、父亲的温暖、哥哥的呵护，成为她生命轨迹的驱动力。一旦这驱动力被“抽离”，如发现母亲为她物理考试不及格而情绪低落、父亲与华裔女助教“暧昧”的动作、哥哥内斯出远门去哈佛读书……她精神的大厦便开始倾倒。我们很难清晰地得出结论，莉迪亚的沉湖是“自杀”，还是“他杀”。将她推入黑暗湖水中的，恰是最爱和最疼她的人。正是充满爱与温暖的手，割断了维系她生命的绳索。书中有这么一段话：“父母越是关注你，对你的期望就越高，他们的关心像雪一样不断落到你的身上，最终把你压垮。”当然，故事产生的多元辐射力，远非用这么一段话能阐释。

在滑入黑黝黝湖水中的一瞬间，莉迪亚想到了重新开始的可能，但这“可能”无法抵御湖水的吞噬。她的腿脚无力托起她下沉的躯体。或许，以此种方式告别恐惧，告别这个让她精神崩溃的家和世界，在她，正是一种自我“设计”的开始与终结。她的“无声告白”让世人的心灵久久为之颤抖……

小说的作者受过专业的创意写作训练，她的文字、结构、叙事等技巧是非常娴熟的。但笔者毫无兴致从技巧层面来赏读，因为让我产生震撼的不是技巧，而是作品对一个普通家庭脆弱的人性和人际关系链条的独特发现。这样一种“发现”，渗透在我们的日常生活中，无分东西方，而我们却习焉不察。小说是洞察世界的艺术。洞察与感受生活的能力，始终是成就一位优秀小说家的最本质的才华。舍本而逐末，则成工匠。犹如南宋末期词人，过于尚雕琢、重音律，而不复有前期意境高妙、浑成自然之气象矣！

2016. 2

“金苹果”的选择

古希腊文化史上，被誉为人类有史以来最伟大史诗的《伊利亚特》中，有这么一段触发我深思的有趣的故事：

埃依那国王佩琉斯迎娶海洋女神忒提斯的婚礼上，没有邀请不和女神厄里斯，厄里斯出于报复心理，抛下一个金苹果让三个女神争夺，企图引起王室的内乱。这三个女神是宙斯的妻子赫拉、宙斯的两个女儿雅典娜和维纳斯。她们把金苹果给谁的裁判权交给了在山上放牧的特洛伊王子帕里斯，让他评判三位女神谁最有魅力。三位女神分别向帕里斯许诺：“你只要评判我是最有魅力的女神，我就给你最珍贵的东西。”

赫拉：给予他世界上最大的权力；

雅典娜：给予他世界上最高的智慧；

维纳斯：让他娶到这个世界上最美的女人。

维纳斯的许诺打动了帕里斯，他将“金苹果”抛给了她。在维纳斯的帮助下，帕里斯俘获了住在斯巴达宫廷内、世界上最美的女人海伦的心。特洛伊王子帕里斯将海伦带回本国，由此引发希腊联军为争夺海伦而发动的征讨特洛伊的十年战争……

这段古希腊的故事，采集自肖鹰的学术新著《不朽的艺术》。当然，他也是转述。我这里再转述，意在说明我对“不朽艺术”为何不朽的一点感悟。

我对这个故事引发的战争不感兴趣，而把思绪停留在帕里斯将“金苹果”抛给谁的选择上：权力、智慧、美女。这三个名词前，都还有两个非常有诱惑的修饰词：“最”“世界上”，一指程度，一指范围。无疑，这三者都是人人想获得的，但前提是只能三者选一。我们都知道了帕里斯的选择，面对同样的许诺，今人该如何决断呢？不知道我的判断准确否？只要是一个思维正常的人，无疑都会选择赫拉给予的“世界上最大的权力”。有了这个，未必能拥有“智慧”，但娶世界上最美的女人做妻子将不再是难事。这才是一个利益最大化的选择。一“果”二“鸟”。

这样一种选择理念的嬗变，可以说明人类审美诉求发生的变化。我个人认为，这种变化不是审美追求的进步，而是退步。或者说，在审美理念引领下的艺术创造，是无法用进化论来解读的。帕里斯的“选择”，体现了人类最初对美的质朴而纯粹的理想，而今人则将功利之心渗透到了各个领域，除了“利益”，还是“利益”。这就是经典艺术创造在今日受到漠视并走向衰落的根本原因。

杜尚将陶瓷男用小便器命名为《泉》，交给美国独立艺术家沙龙展览会做展品；马格里特的油画《形象的反叛》，画面上是一只老年大学初学者即可完成的烟斗……这些所谓的现代艺术，完全颠覆了艺术与非艺术的界限，标志着艺术的堕落。或者说，现代人已经不再需要创造真正有难度的艺术。与此形成鲜明对比的是，人类历史上那些伟大惊人的艺术创造，却越发闪射着魅力无穷的精神之光。

从“金苹果”选择的今昔对比，我领悟到了不朽艺术之所以不朽的一个永恒的支撑点：那就是经典艺术的诞生，除了需要特殊的天赋才情，更需要超越功利的形而上的精神和人文情怀。中国艺术史上那些伟大的创造，其本质几乎都与老庄哲学密切相关。创造者都是处于超越现实世俗、无功名之心、无利害之争、自由自在的生命状态下，而焕发出俯仰天地、以“大”摄“小”的惊人创造力的。魏晋竹林七贤留下的大量传世佳作，正是他们超越世俗、向往自然、坚守独立人格的证明。唐代书法家虞世南曰：

> 字虽有质，迹本无为，禀阴阳而动静，体万物以成形。达性通变，其常不主，故知书道之妙，必资神遇，不可以力求也。机巧必须心悟，不可以目取也。

或者简要地说：有形来自于无形也。王羲之的“灵和”与王献之的“神骏”，皆得之于“神功”，而非人力造化。徐渭的画，是中国艺术史上的一个巅峰。他在书画中常自称“醉中作”“醉中狂草”“醉中将墨”……“醉”是与“清醒”抗衡的一个外在形态，最根本的还是他的作品都是他挣脱世俗羁绊、获得精神飞翔的结晶。

纵观肖鹰先生描述的中外艺术史，我明白了：在一个物质主义、消费主义盛行的时代，在一个人心被贪欲、贪婪裹挟的时代，我们对新的伟大经典的诞生还能存什么期待？现代人如果能有一点向经典表达敬意的心态，偶尔回眸一眼过往的经典，就已经是一种奢望了。

《不朽的艺术》是肖鹰先生多年艺术史讲稿的结集。一共十五讲，全部用铜版纸印刷，图文互证，精美厚重。这是一部浓缩的人

——蒋立冬　绘

类艺术审美历程的简史。如果不是出于专业研究的需要或没有精力读多卷本的中外美学史、艺术史，那么有这么一颗艺术史的浓缩“胶囊”，就完全可以弥补艺术史知识的缺陷了。更难能可贵的是，这部书“简”而不“枯”，“深”而不“涩”，既有教科书的精确，又有大量讲述者独特的感悟，是一部既可面向大专院校学子，又可面向艺术爱好者的艺术史普及读本。

我在初读后，仍将会置于案头，学而时习之。

2016.10

文贵有“气”而性情摇荡

——读夏坚勇《绍兴十二年》

夏坚勇自2002年出版《旷代风华——大运河传》后，于今才新推出《绍兴十二年》，其间整整13年，他几乎与文坛“失联”。喜爱他作品的人多少有些着急，此公干啥去了？“江郎才尽”了？据说，家中亲人难言之事耗去他很多精力。不过，我更相信另一种说法，他始终在虚静养气，蓄势待发。

这部厚重的长篇历史散文《绍兴十二年》证明了这一点。

“文史不分”“史以文传”在中国历史和文学的书写中是有悠久传统的。只是具体到某部作品，或偏重于历史，或偏重于文学。《史记》可做前者标志性作品，《红楼梦》可做后者标志性作品。但以断年的方式来耙梳历史深处的细节，映照出一个朝代的侧影，是否从黄仁宇的《万历十五年》而开历史写作的风气之先呢？如此说来，纯从文本意义上说，《绍兴十二年》难逃《万历十五年》的阴影。但也算不上是软肋，毕竟在文本创造上开风气之先者，常常只能百年、千年等一回。

夏坚勇的《绍兴十二年》，自有其过人之处，甚至可以说有《万历十五年》不及之处。那就是作品始终有一股澎湃在字里行间的“气”，文因有“气”而性情摇荡。史料、史识，借“气”而灵动、飞翔起来；“气”携史料、史识而有了力量。有“气”而又有“力”，这文章便好看、好玩了，这文字便“翠华摇摇”“灵祇待之以致飨，幽微藉之以昭告”。诗情与史实便浑然天成。

绍兴十二年（公元1142年），是一个什么样的年份呢？这样一个年份有什么特殊的必要性，将其肌理细胞呈现在显微镜下，作精微的考察呢？这一年年初，南宋小朝廷终于在主战、主和的纠结、纷争上，以岳飞的脑袋被砍、秦桧获得终身权力高位（与金人和战协议条款中有约定）而尘埃落定。和议既签，“官家”忽然一身轻松，兵戈从外部而转向了内部。这好办，中国人无力拒外侮，同室操戈却是长项。无非是将那些“岳粉”、主战派余孽彻底清扫干净就是了。“官家”的朱笔多画几个圈就成。然后，就可安享停战后获得的回光返照式的“繁荣安定”，与嫔妃们耳鬓厮磨，与文人诗词唱和，与鉴赏家们一起切磋那些战火中幸存的名家字画、古窑瓷器……这无疑是一个值得细细“把玩”聚焦的年份，是一个可以从一年看百年、千年的关键年份。跟随作者的解剖刀我们会发现，原来岳飞的脑袋被砍有其不得不砍的因果逻辑；而秦桧弄权，也有其历史的合理性。如果只是简单作是非判断，会让我们忽略掉历史大趋势下诸多人性的、心理的、偶然的人文元素，而这些元素原本值得人们深入探究和思索。

一切历史皆当代史。我的理解是指，用当代人的眼光去穿透历史，从而探寻走向未来的路径。在这一点上，夏坚勇无疑是做得非常到位的，精辟、警示性的文字，经常如电击般刺痛眼球。“岳飞太干净了，最干净的最危险。”“在用‘文丐’‘马屁’之类不大恭敬的污词来概括绍兴年间的文坛生态时，我笔下总有点踌躇，因为在那场颂圣文化运动中随波逐流的，不光有趋利小人，也有正人君子；不光有官场混客，也有爱国志士；不光有无名鼠辈，也有学界泰斗。”“一个配制春药的江湖郎中，竟然能在笑谈间主宰大将进退，这样的官场，叫人说什么好呢？”……

看了这些文字，叫我说什么好呢？还是就此打住吧。

2015.7

关于“红烧肉”的多种烧法

前些时，笔者曾写过一则题为《关于“红烧肉”的博士论文》的小文，讥讽学院派写作硕、博论文的一套程式化的僵硬方法。中规中矩、毫无新见，却又故弄玄虚，文字晦涩，是这些论文的主要特征。有人将之归结为西式论文写作理念引进带来的负面恶果，对此我实在不敢苟同。要说受西式论文的影响，那些海外汉学家应该受影响最深了。他们就在“西式”的大学里教学写作，怎么写出的汉学论著，反而没有国内学者写的东西充满程式化的陈腐气？

举例来说，诸如唐德刚的《晚清七十年》，周策纵的《五四运动：中国思想界的革命》，孔飞力的《叫魂》，都是可以列入案头工具书的经典汉学专著。严密的考证和深刻的理论洞见，以及毫无晦涩感的语言表述，是这些大著的共同品质。因此，我常常有兴趣翻阅的倒是这些华裔老外写的汉学书籍，对国内学者写的类似专著则敬而远之。

有一个常识，其实人人大概都知道：“红烧肉”的烹制方式，是可以多种多样的。就我所见，就可以列出若干种：我早年的一位同事，非常擅长烧红烧肉，他的方式是先用油和白糖下锅熬制糖浆，然后再将洗净切块的猪肉下锅爆炒，加葱姜酒酱油等，色香味俱全，出锅看着让人流口水；而我的母亲，也是烧红烧肉的高手，她的程序与我同事有异。先要把切好的猪肉用开水焯过，说是去腥气，然后再下锅，加葱姜酒等爆炒，炒出油来，再加糖和酱油染色炖煮，那香喷喷的味道，从锅盖缝里散发出来，几十米外就能闻到。而本人烧红烧肉，则另有方法，是不是从烹调书上学来的，记不清了，反正经过实践证明是成功的。先将洗净切好的五花肉直接放进砂罐里，然后加黄酒将肉块淹没，同时放葱、姜、蒜、酱油、糖等作料，用猛火烧沸后将火缩小到只有烟头大小，小火慢炖两个小时左右。此方法的关键处是，必须全部用黄酒，不得用水。至于味道如何？即使你高血脂，也抗拒不了诱惑。

我这里说了半天红烧肉的各种烧法，意在说明，用“红烧肉”来比喻当下硕、博论文的程式化写作，实在是冤枉了“红烧肉”。红烧肉可以有各种烧法，硕、博论文也完全应该写出作者自己的个性来。最关键的是，该论文是否有新的创见？提出了新的问题？在表述理论见识时，能否建立在严密逻辑基础上并付诸通透浅白的语言文字？说实话，当我初拿到郝雨教授的新著《中国媒介批评学》时，说了几句“拜读”“学习”之类的客套话后，就一直将书搁置在书架上，有点束之高阁、藏之名山的意味。这是因为，红烧肉式的博士论文风格，让我对所有类似专著，都有一种先入为主的抗拒心理。当然还有一个因素，笔者天生缺少理论思维能力，常常一读理论书就开始睡眼蒙眬起来。近日，在一个论坛上向上海高校传播学者讨教新媒体广告的形态和特征，郝教授私下提醒我，他的那本书中对新媒体形态、特征有详细的阐述，问我看过没有？我只得支支吾吾，会后马上取出《中国媒介批评学》拜读，果然获益匪浅。2015年，可以说是媒介行业产生革命性变化的划时代的一年。纸质媒体的断崖式滑落，和新媒体的强势崛起，成为万众瞩目的媒介现象。没有想到，郝雨先生几乎同步对此现象作出了中国式的理论概括。该书中“人文精神为媒介之魂”“影视媒介批评”“网络及新媒体的批评”“高科技下的新媒体发展”“新媒体时代的媒介生态”等章节，切近当下媒介现状，是所有从事媒介行业者无法忽略的论述。

读后在深受启发的同时，有些观点我也不完全认同。美国学者约瑟夫·斯特劳巴哈和罗伯特·拉罗斯在《今日媒介：信息时代的传播媒介》中断言：“完整的多媒体电脑是电视、电话、收音机、计算机等各种装置的结合。这样我们就可以让电视、收音机退休了。”而郝雨先生却断定：“以电视这样的大屏幕、高保真和家庭化等方面的绝对优势，无论到什么时代，媒体都会是电视为王。”郝教授的断言，显然是有些武断了。就我个人来说，丙申年以来，除了除夕夜在电视上看过春晚，已几乎与电视绝缘了。那个让人爱恨交加的微信，几乎耗去了我除读书、吃饭、睡觉之余的所有时间。

2016. 4

浮躁时代的文学攀援

——读《翡翠湾秋色》感言

品读吉光先生的新书《翡翠湾秋色》，时时让我产生一种联想：吉光先生如同一位优秀的猎手，手擎一杆精制的猎枪，同时瞄准多个“猎物”，枪响之时，猎物一只只应声倒地……

吉光的这本书中涉及文学、历史、新闻，并且在这些领域都写下了令人称道的文字，令我由衷地感佩。要知道他并不是一个专职的学者、研究者和作家，他长期从事行政工作，在处理繁忙的政务之余，能够保持恒久的文心，广泛涉足，写出一篇篇脍炙人口的文章，是多么不容易。善于“讨巧”的人往往是专攻一点，不及其余，在最能发挥自己才华或优长的某一点作出别人无法企及的贡献。纵览现当代文学史，能够多头并举、左右开弓并达到很高境界的有几人？我们知道，鲁迅在小说、散文、诗词、评论、杂文、文史等方面都有独步文坛的名篇佳作，像这样的“全能冠军”在中国乃至世界文坛都屈指可数。

我无意于把吉光与前辈文坛大家类比，只是以此说明“全面出击”之难。在文学创作或史学研究方面能获得什么样的成就，并不完全倚仗于后天的刻苦勤奋，还得看你具备了多少文学的天赋、悟性和智力。像我辈愚钝之人，就是天天“悬梁刺股”也是白搭。显然，吉光先生无意于与别人一争高低，更无意于在文坛获得什么一席之地。震泽古镇俭师堂有一楹联曰，“欲无后悔先修己，各有前因莫羡人”。我更为欣赏的是他对写作的一种姿态和心态，他把写作看成是自己生活的一部分，把工作余暇“烹煮”自己喜爱的文字当成一种生活的乐趣。这种非“功利”性写作其实才是对写作本源的一种回归。曹雪芹写《红楼梦》时想到过要名垂青史吗？计算过可以获得多少版税吗？这样一种写作姿态常常在他的文章中不自觉地流露出来。比如他在《谒施耐庵墓》中写施耐庵的为人：“……不欲显达，甘守寂寞，弄文自遣。”这段话也可看作是吉光先生的夫子自道。施耐庵聊以“自遣”的文字，却成了不朽的传世经典。看看当下文坛，那些直奔这个“奖”那个“奖”而去（甚至也获了这个“奖”那个“奖”）的“大作”，能够获得几天的“保鲜期”？

按照个人的偏好排序，我对吉光新书中的文章，最喜欢的是那些从个人经验出发带有浓郁乡土气息的篇什。也许是同乡的缘故，看到这一类文字，感到格外亲切。洋蛮河党校里地铺散发的稻草香（《洋蛮河往事》），用带有地方口音的普通话把“如果”说成“卢果”的中学老师姜遇昌（《姜老师的声音》）……读后都令我难忘。这些文章感情真挚、文字质朴，像姜老师讲课的声音那样富有磁性。读这些作品时，我恍若回到了童年，嗅到了苏北特有的泥土芳香，眼前闪现着那些曾导引我一步步成长的父老乡亲、中小学老师的音容笑貌……我相信，这些文章产生的感染力，不仅仅是因为我与作者是“同乡”，非同乡的读者也会有同感吧！季羡林先生说：“我写东西有一条金科玉律，凡是没有使我真正感动的事物，我绝不动手去写。”“散文的精髓在于真情二字。”具有“真情”的文章，谁不喜欢呢？

其次，我喜欢书中那些富有史料价值的历史研究和考证的文章。尤其是与海安历史有关的文章。它让我获得了许多过去未闻的有关家乡的历史知识。这些文章让我看到了毕业于大学历史专业的吉光先生治学严谨的一面，且读来并不像大学学报上的论文那样枯燥乏味。它的选题本身就很有趣，且又用轻松活泼的文字表达出来，让人在获得历史新知的同时又有一种阅读的愉悦感。从《掀起陶斧盖头来》一文中，我了解到了吉光领导《海安县志》编纂工作所耗费的心血。这部志书，填补了具有数千年文明史的海安无“志”的历史空白，这对于海安的历史文化建设无疑具有里程碑式的意义。作为家乡人，我对吉光在编纂这部县志中付出的辛劳表示深深的敬意！

最后，让我喜欢的就是那些文采斐然、记录旅途随感的文字了。这些“旅途识记”，表现出了作者对生活敏锐观察和思考的能力。有些虽是“朝花夕拾”之作，但作者超越了“浮光掠影”容易导致的肤浅，有着超出一般游记文章的独特视角和识见，如《赫尔辛基印象》《孟良崮血祭》等。

借此机会，我还想向吉光先生提出一点近乎苛刻的希冀：以吉光先生在《赫尔辛基印象》中表现出的才情，在《将军之风，山高水长》中表现出的史学研究的严谨，在《海安三槐堂王氏重修宗谱序》中表现出的深厚的古汉语功底，完全可以将三者打通融和，写出类似海外著名学者唐德刚先生《晚清七十年》那样厚重而又灵气十足的大著来。说“苛刻”，是因为吉光的工作职位，决定了他的主要精力用在处理各种行政事务上，真正坐下来写作的时间不多。同时，既然是把写作当成充实自己生活的业余爱好，太多的“野心”反倒成为一种负担。

虽如此，我仍期待着。

我想，这篇序言只是我读了吉光先生新书后，不揣浅陋，随手记下的零星感言，以“片羽”而观“吉光”，权充与读者交流的个人心得。说多了难免有饶舌之嫌。还是就此打住，让喜欢吉光先生文字的读者去细细品读吧！

2009.10

“卑微”距“崇高”仅一步之遥

美国著名哲学家约瑟夫·坎贝尔在他的代表作《千面英雄》中，有一段经典论述：

> 英雄从日常生活的世界出发，冒种种危险，进入一个超自然的领域；在那神奇的领域中，和各种难以置信的有威力的超自然体相遇，并且取得决定性的胜利；于是英雄完成那神秘的冒险，带着能够为他的同类造福的力量归来。

坎贝尔终生都在研究那些人类群体中被反复传布的神话。他试图从成千上万个神话故事中，探寻人类心灵的密码。

在阅读《支教——在小凉山的28年》(简称《支教》)这部书时，我的脑际会时时浮现出坎贝尔这段关于英雄人生旅程的论述。人类需要神话和英雄，也总是通过想象创造神话和英雄，来满足深度的心理需求。如果人类永远甘于在泥淖中生存、在庸常生活中耗尽生命的能量，我们就很难相信：在人类文明发展史上，为何有那么多连绵的山峰？

生活中确实每日都在发生那些令人沮丧的事件：偷盗、谋杀、吸毒、损人利己、损人不利己……

但我们也应该看到，生活中也有许多奇迹、壮举，乃至为求真向善而付出生命代价的故事在上演。人并不是生下来就是卑微或崇高的，卑微距崇高，犯罪分子距英雄超人，常常仅一步之遥。哲学家们需要研究的是，那个激发人从卑微走向崇高的心理机制是什么？同时，哲学家们也应该研究，导致普通人或曾经崇高的人滑向泥淖的“魔鬼”是什么？《支教》触发我不断思考这样的与人类终极命运和生命价值相关联的命题。

这是一部长篇报告文学，是容不得半点虚构的纪实作品。作者用丰富而翔实的情节细节，为我们呈现了28年的漫长过程中，一批又一批生活在江海平原的教师们，如何前赴后继，奔赴遥远的云南边塞宁蒗彝族自治县支教的生命旅程。根据书中提供的详细名单，28年中，一共有8批次，234位教师参加了堪称伟大的“接力”。他们的支教行动，改变了8000里外10多个少数民族子女的人生轨迹。作者蒋琏曾长期担任教师，后从事专业文学创作，已有小说、散文、报告文学等多部作品问世。但似乎让他最为动情并耗费心血的，还是这部描述海安教师群体的《支教》。在阅读书稿时，我几乎可以想象出，作者在采访过程中，泪水如何一次次地滴落到笔记本上。笔者曾试图在这里复述几则那些老师的故事，但我发现，简单的文字，容易将有血肉的故事变得干枯。那就引录一首彝族学生杨春写的《致海安老师》的诗吧，虽然稚嫩，但情感是真挚的：

蓝天和白云之间
是一朵朵的神话
青山与绿水之间

是一簇簇的传说
你不是英雄
你不是伟人
你不是明星
你是至人
是神人
是圣人
你是平凡的人
用平凡的点滴成就了平凡的事业
你用无形的笔迹
在我命运的书页上
编写着我的祖先寐求的故事
像山中的石级
默默地把山里的孩子送上云端

在这位彝族学生的眼中，这些海安老师是“至人”“圣人”。但他们又是生活在自己身边的“平凡的人”，用爱心与知识的双手，把山里的孩子“送上云端”。孩子的诗，无意中触碰到了坎贝尔哲学研究的命题：英雄与凡人，卑微与崇高如何融合而成为浑然一体的血肉之躯？

如果《支教》为读者呈现的全部是老师们那些感人肺腑的“支教”故事，那么这部书也许是我曾看到的众多写光辉事迹的书中的一部。我的思考也就无法再深入下去。非常难得的是作者没有回避海安老师 28 年持续“支教”的真实的触发点——看起来再普通和寻常不过的触发点。如同人每天都要吃饭睡觉一样。整个事件最初的发生动因，源自 20 世纪 80 年代，改革开放大潮涌起时，海安与

——蒋立冬　绘

宁蒗之间资源的互助整合。海安地处苏北平原，无山无森林，紧缺加速经济建设的木材，而宁蒗地处交通偏僻的深山老林，正好有计划外木材可以支持海安，但紧缺能够尽快提高山里学校教育水平的师资力量，他们明白靠卖木材难以使得宁蒗获得可持续发展，让山里孩子的大脑富起来，才能从根子上解决宁蒗的贫穷困局。两地你来我往，于是达成互助的协议，海安派优秀师资力量，支持宁蒗发展教育；而宁蒗则以优惠价格为海安提供紧缺木材。对于宁蒗来说，只要不违反国家森林采伐政策，为海安提供木材不是一件困难的事。但海安要动员教师远离故土，去那个仅旅途时间就要汽车、火车、再汽车“折腾”三天四夜的“小凉山”去支教，确是一件高难度的事。靠磨破嘴皮说教，用那些“无私奉献”的大话、套话，显然激发不起所需师资人员愿意投身这一“伟业”的热情。我在这里生活得好好的，干吗跑到那里去自找苦吃？你政府发展经济需要木材，与我个人利益有什么直接关系？海安的教育部门明白这个道理，于是他们制定了一系列富有诱惑力的奖励措施，激发当地教师投身支教的热情。三年一轮，凡符合条件参加者，公办教师可以上浮一级工资，家属可以“农转非”，民办教师如果达到大专以上学历，可以转为公办教师。这些激励措施，在那个年代就如同天上掉“馅饼”啊！

于是作家蒋琏用了一句实实在在的话，揭示了这一壮举的最初驱动力：“目的和动机只与个人的命运前途有关，与崇高与奉献好像半毛钱的关系也没有。”作者原生态地呈现出支教群体的原始动因，并没有影响到我对这些教师的崇敬。正如坎贝尔所言：英雄正是从日常生活出发，从而创造出超自然的神话的。从卑微到崇高的“一步之遥”是如何跨越的？这部作品用一个个典型案例，为我们提供了令人信服的答案。在庸常的土壤之上，可以生长出耀眼的精神大树。荷花的根，不就扎在水下看不见的淤泥内么？

我们不能因为荷花是从污泥内生长出来的，就怀疑其高洁的品格。如果有人面对荷花自惭形秽，而后却要捞出污泥来抹到那个荷花上去，以此获得一种“同流合污”的心理平衡，我们只能对这样的卑劣者表示鄙视。同时，更要从形而上的精神层面研究此种心理生发的机制，并尽全力遏制此种负能量机制干扰人类精神力量的提升。

2016. 9

探寻当代作家心迹和精神内核

久辛先生嘱我为他的新著《老友旧事》涂抹点文字，“老友”之托，岂敢不从。虽知不自量力，也得斗胆上阵。

在下一直认为，所谓“人情批评”“红包批评”，症结不在于“人情”“红包”上，而在那个“批评”上。难道人与人之间不要“人情”，而要“冷酷无情”不成？难道写文章所得的一点少得可怜的稿酬，也成了要取缔的“红包”？需要警惕的是，因为“人情”“红包”而胡吹乱捧，完全丧失评论客观公正的底线。批评家如能割断“人情”当诤友，拿了“红包”讲真话，那倒是要让人肃然起敬的。因而为“老友”作文，又能持论客观，尽可堂皇为之，是用不着心存芥蒂的。

翻开久辛这部《老友旧事》样稿，怎么感觉有些似曾相识？哦，想起来了，这里的很多文章，都曾在鄙人供职的《文学报》专栏《“独眼”看作家》发表过。用“独眼”做栏题，既有“独眼”之见难免偏颇之失的寓意；也有如同军人打靶用“独眼”瞄准，力求看得更准确之意。坦率地说，当初发表时，大多篇什我并未仔细品读。也许有人会质疑，刊发在你主编的报纸上，你居然不读，因由何在？回答此问题，也很简单。主编的主要职能：一是把关，二是版面的策划创新。“把关”把什么呢？捧过媒体饭碗的人都知道有一个叫“舆论导向”的名词，而以久辛军旅诗人的身份，我完全不用担心他的文章里会埋藏给报纸带来麻烦的“地雷”。至于文章的质量，更不会有什么问题，描述对象多为今日文坛名家、大家，作者是获过首届鲁迅奖的诗人，文字功力在那儿摆着，因此我尽可凭感觉偷懒“免检”放行。更何况报社还有责编、校对等多个环节。

当初我“怠慢”久辛的这些文字，还有一个纯属个人阅读兴趣的因素。由于这个时代廉价的“表扬”太多、太滥，我对那些褒奖性的文字，甭管其质地如何，几乎一概弃之。如今，要写点关于这部书稿的文字，逼迫我必须跟随久辛先生的“独眼”，也来仔细“瞄一瞄”了。我发现，久辛描述这些当代名家的文字风格，与他写过《狂雪》的诗人身份完全不对等，因为这里几乎没有诗意、没有夸张和比喻、没有过度的修饰，几乎也缺少诗人常见的灵动飘逸、浪漫情怀，他更像个勤勉而严谨的记者，每一笔都力求精确、准确、明晰。这就不由得有过多年记者职业生涯的鄙人不生敬意了。因为这些文字，显然不仅仅是凭借几次普通的接触交往，或聚在一起喝几回酒，就能轻易流泻出来的。总体而言，这些文字平实而又扎实。有扎实的细部材料为支撑，“平实”便不会流于平淡。形成这些文字，必须具备两个条件，或者说需要下两个方面的案头功夫：一是大量的文本阅读。虽然书中对那些作家的作品，没有过多鉴赏性、品评性的文字，但可以看出作者对所写对象的作品是谙熟于心的，因此随手拈来，与对作家的生平叙事形成映照和互证。二是与作家的深度交流。据了解，久辛先生为了写一篇短短的文章，常常要与作家进行多次采访式的交谈。可见这些平实而又扎实的勾勒作家画像的文字，得来其实是很不易的。

当代批评界对当代文学和当代作家的认知，有着截然不同的评

——蒋立冬　绘

价，观点有霄壤之距。批评界有“唱盛派”和“唱衰派”之说。我认为，简单地“唱盛”或“唱衰”都不是应有的客观态度。当下对当代作家的研究和批评，存在着廉价表扬和粗疏批评并存的状态。现在流行一种批评方法叫“文本分析”，无论是褒扬还是批评，如果都能够建构在文本细读的基础上，已然不易。但仅此，是否就可以止步了呢？在下以为，这是远远不够的。从文本到文本，很难做更深的解读。作品与创作主体，有难以割舍的血肉关联。故先贤有言："心生而言立，言立而文明"。"有心之器，其无文欤？"说的都是文与人的关系。很少看到有批评者，从作品而联系到作家人格、成长经历——诸如童年的心理成长环境、生活阅历和经验，作家待人处事的方式等——来对作家创作状态进行评析。而久辛这部《老友旧事》中提供的大量当代作家的生活细节，研究者可以拿来做深度解读作家作品的辅助依据。而普通读者，则可以通过阅读书中文字，加深对作家作品的理解。比如，书中写到莫言童年生活的一件小事：在学校里与同学打赌，把一瓶蓝墨水喝到肚子里，其"蓝牙"舞爪的模样，让同学老师从此不敢小看……类似这般鲜活的细节，与莫言后来在文学道路上不甘服输、顽强超越他人的精神状态，难道没有某种神秘的关联？鲁迅就曾提出，在阅读某个作家作品时，不妨同时也读一读有关这个作家的传记材料。如果对孙皓晖的《大秦帝国》持激烈批评的论者，也来读一下书中《孙皓晖的"大争之心"》，是否能对他的作品多几分理解呢？从这一角度看，久辛这部书无论是对专业的研究人员，还是对普通读者，都有其重要的阅读价值。书中那些关于作家生活创作经历的描述，虽然常常是速写式的寥寥几笔，其中投射出的却是颇堪玩味的作家心理轨迹和精神人格信息。

让我稍感不满足的是，作者多为事实的呈现，而少有延伸式的评析；多褒扬，而少质疑和反思。不过，既是"老友旧事"，本来就重在"事"而不在评和思，我的不满就有点苛求了。

2015.7

灵魂的自我拷问与荡涤

“多年以后，面对行刑队，奥雷里亚诺·布恩迪亚上校将会回想起父亲带他去见识冰块的那个遥远的下午。”马尔克斯《百年孤独》开篇的这个经典句式，不知曾被多少中国当代作家模仿。

让我也来模仿一下：多年以后，当仲跻和回想起那个中午焚烧日记的揪心时刻，不知道会不会懊悔自己一时的冲动？

就在那个夏日的中午，窗外烈日炎炎，窗内凉风习习。坐在办公室内享受空调清凉的仲跻和先生，内心却腾腾地冒着火苗。他正在翻看多年积累写下的几十本日记。他为这些日记中赤裸裸呈现的“见不得人的事”和“不应有的想法”而胆战心惊。写日记的人分两种，一种是写给别人看的，在写时就做好了将来给别人阅读或公开出版的准备，这样的日记写时就避免不了“装”，下笔就启动了自我保护的预审心理机制。从这样的日记中，我们很难看到写作者真实的自我。另一种日记纯粹是写给自己看的，带有很强的私密性，写作者是为了通过日记宣泄内心的苦闷和情感……仲跻和的日记显然属于后者。经历了短暂的焦虑和纠结之后，已过天命之年的仲跻和决定将之付诸一炬。

随后，熊熊的火焰将几十本日记，也将他生命印痕的一部分化为灰烬。

这样一个行为，我们对其动机可以做两个方面的理解：一方面，事业有成的仲先生，不希望他人和后代看到自己曾有的“见不得人的事”和“不应有的想法”；另一方面，我们也可以将其看作仲先生向那些羞于见人之事彻底诀别的一种壮举。这样一个行为，也正可以用作我们解读仲跻和散文写作前后迥然不同的重要节点；也是他的写作，从通常的生活感受和情感表达向自我修炼升华的重要标志。前者，绝大多数写作者都不难做到，而后者——将写作当作拷问自我灵魂、不断完善自我人格的手段和路径，却是大多数人难以做到的。

哲学家詹姆斯·马斯特森在《寻找真正自我》中说：“寻找生命的意义就是寻找一个真实的健康自我。”寻找“健康自我”的方式可以有多种途径，人人皆可为之。写作只是其中一种方式。由此，我们看到了仲跻和写作的意义，对自身，对他人。对于为什么而写作？答案可谓众说纷纭。雨果说：“我写作则我生存。因为好奇，因为自豪……”托尔斯泰认为：“艺术家的目的不在于无可争辩地解决问题，而在于通过无数的永不穷竭的一切生活现象使人热爱生活。”至于写作为“稻粱谋”，也是很普遍的无可厚非的现象。仲跻和不是一位专业的写作者，也毫无通过写作获得文坛江湖地位的企图，因此他的写作是超越功利的。我们不必要从文学的质地，从揭示生活的深度，从文以载道或文以尊情，从雕词琢句的文字功夫等方面来品评他的散文。这些都不是他所追求的，他追求的是自我反省、自我拷问、自我修炼，从而达到自我净化和自我升华。一个社会整体教养水准的提升，需要人人都不断地通过自我反省而不断地自我完善。虽然方式未必是写作。

“苏格拉底最关注的是人与人之间的关系即伦理的崩溃。他认为，所有不合伦理的行为都可被视为是无知的结果，不知道去做正确的事。当我们知道什么是正确的，我们就会去做正确的事。因此，发现我们该如何做人应被放在首位。一旦阐明我们该做什么，就会让人以之为目标作出良好的行为。”（见詹姆斯·克里斯蒂安《像哲学家一样思考》）因此，苏格拉底反复阐述他那句经典名言：“认识你自己。”他要求人们学会更仔细、更有批判性、更准确地去思考日常生活问题。仲跻和的散文中，就漫溢着这样的对日常生活中自我行为的思考：

在《修炼》中他写道：“我知道钱好，也知道事业有成好，但更知道做人更好，做一个实实在在的人真的很幸福！”

在《叶生叶落》中，他从秋风落叶中感悟道：“所有违背自然的抗争都是徒劳的。长在树上的叶有和谐之美，飘在空中的叶有轻盈之美，落在地上的叶有宁静之美，化为土的叶有希望之美。不管什么归宿，都要坦然自若地面对。”

在《汗颜》中，面对某部门赠予的“功德无量”横匾，他感到汗湿衣背：“我无法满足所有人的需要，但我会尽我的能力帮助那些最需要而且我能够帮助的人们，就像成立助学基金会、伤残军人互助基金会等，这样的事多做些，社会就会多一份安宁，人们就会多一份喜悦，我也会多一份开心。但愿有一天，当我再次面对‘功德无量’匾时不再汗颜。”

在《不该发生的损失》中，他从过早到办公室却忘记带钥匙，让人把锁撬掉，想到“更多是心里的锁，千万不能损失心中的那把锁，那不是几十元的损失，而是人生几十年的价值观、信誉度”。

在《难忘龙年》中，他思考自己未来属于什么“徒”？“也许究其一生，什么徒都不是，我还是我——一个外相尚可、心不安稳的凡夫俗子！为责任、情感、义务、信仰而折腾操心的男人！”他叹世风日下，忧心忡忡，扪心自问：“事业是生命，亲情是愉悦。只有生命，没了愉悦，人生有趣吗？”

在《晒晒发霉的心》中，他面对南方梅雨季节绵绵不断的雨丝，拷问自己：“我的心发霉了吗？”再次袒露心迹：“在生活中修行，在修行中生活。”如果变换一下他的说法，他是在写作中修行，在修行中写作。

……

“炼心！炼心!! 炼心!!! ”在《好想“率性而为”》文尾，作者也许觉得文字不足以表达内心的定力，紧攥着五指，手心不停地渗出汗水。

这个曾经因肝炎八次、胃出血五次住院，多次与“死神”擦肩而过的男人，在遭受命运的击打沉浮后，不仅肉身获得新生，精神也随之在思考、反省中涅槃。他在煎煮文字的过程中不停地折磨自己的灵魂，就像陀思妥耶夫斯基笔下的那些人物，灵魂在精神的风暴悖论中挣扎。他在入世与出世间徘徊，他在泥淖与清涟间沉浮。于是，我们渐渐看到了作者如何摆脱沉重的肉身，而让自己的灵魂轻盈飞扬起来……

当仲跻和先生在不断捶击自己的胸膛时，阅读者——我的心脏也止不住随之怦然起舞。这样一种写作姿态和境界，潜藏于一位非专业写作者之中，那些以“立言”为己任的衮衮诸公，是否因此感到几分“汗颜”呢？

2016. 2

甬帮：一座值得开掘的文学富矿

我与耀成都在东海舰队吃过军粮。只是他从军比我早六年，我在东海舰队当战士、业余爱好文学、还在黑暗中摸索时，他已经是《解放军文艺》的编辑，经常看到他在报刊上发表整版的报告文学，非常钦佩和羡慕。后来他自己要求调到东海舰队搞专业创作时，我被调到《解放军报》当编辑、记者，我们可以说是擦肩而过，但彼此都很了解。

最近，陆陆续续读完了他的两本新作，感触很多，最大的一个感触是，他抓到了一个好的题材，或者说是开采到了一座文学的富矿。这就是甬帮（或称宁波帮）。如果说小说家首先要解决的问题是“怎么写”，而报告文学作家首要解决的问题就是“写什么”。报告文学抓到好的题材，等于成功了一半。对题材的判断和选择，显示了一个报告文学作家的眼光、胆识、襟怀和功力。不是说甬帮这个题材是报告文学的一流题材，但是从时代需要、政府满意、读者欢迎这个角度，应该说是相当不错的题材。我们的传统文化是重农抑商的，对商人总是采取一种鄙夷的态度，如所谓的“无商不奸”“为富不仁”，现在又有一种新的说法叫“富而不贵”。自古以来，文学作品也总是对商业活动或商人不屑一顾。现在的报告文学，一说到写企业，想到的就是“广告文学”；写企业家呢，就臆测作者定然是得到企业家什么好处了。就连耀成作品中的主人公赵安中先生本人也说：“为商人作记，自古所无。”我觉得，其关键不在于写作对象是谁，关键是怎么写、写他什么？是为富人“擦皮鞋”，还是从人文的意义上去发现和开掘？商贸实业活动是人类必需的、赖以生存的，也是主要的活动之一，理应引起文学创作的必要关注和开掘。

余秋雨在一篇文章中曾说过，如有时间，他很有兴趣写写徽商。但是，我们至今还没有看到他写徽商的文章。倒是王耀成有两篇文章写到了徽商，他把徽商与甬商的特点作了一番比较研究。我的意思是说无论甬商、徽商、晋商都值得好好的研究。令人欣喜的是，王耀成在这方面作出了让人瞩目的努力。他的这两本书很有分量，对甬商既有面上的研究概括，又有点上的深度开掘。（当然，他的研究成果是用文学的形式来表现的，而不是写成学术研究文章）面上的研究成果体现在《石库门的主人——一个商帮的文化背影》这本书中，这里写到了宁波帮与犹太商人、宁波帮与徽帮、晋帮的比较与异同，写到了绍兴师爷与宁波帮的生生灭灭，尤其是写到了宁波帮在创业苦斗的商业活动中所蕴藏的文化内涵。正如他在题记中所写的：“世界上走得最远的是商人，比商人走得更远的是商品，比商品和商人走得还要远的是文化。”

说到点上的深度开掘，我指的是《赵安中传》这本书。这本书以赵安中老先生作为个案，进行了深度调查与剖析。传主的事迹非常感人，形象非常丰满，尤其难得的是作家在刻画人物时没有夸饰之辞，完全是让事实自己说话，绝少看到作者自己站出来议论。作者的采访功夫下得很扎实，因此材料非常丰富翔实。读完，我印象最深刻的是，传主自己的节俭与对公益事业的慷慨捐赠对比非常强烈，正如书中另一个人物汤于翰所作的八字评价：“自奉极俭，慷慨施人”。这里有很多非常感人的细节，我就不一一列举了。传主对教育的捐赠不仅仅是出钱，也不是偶尔为之，做做样子而已，而是在晚年把它当作一项事业来做，捐赠的范围极其广泛，而他对自己捐助的项目很多都亲自到实地考察，不求扬名，不求回报。其事迹的感人程度，远远超过了现在报刊上推出的一些所谓“典型”。我听说这本书三版共发行了七万多册，觉得远远不够，应该让更多的人，尤其是大大小小的老板们来看看这本书。不是看赵安中先生怎么挣钱，他挣钱的艰辛可能很多人都有类似经历，而是看他怎么“花钱”，他的所作所为不是一般人能做到的。这也最能看出一个人的修养和人文素质。我不知道，在内地能否找得出第二个赵安中这样的企业家？

报告文学除了题材的因素，首要的就是采访了。我当了多年的记者，也写过报告文学，对此感同身受。写报告文学最辛苦的不是案头写作，而是采访和搜集材料。其实一大半的写作在采访过程中就完成了。因为，一边采访一边就得构思，还缺什么材料，还应向哪个方向开掘？它与新闻采访有相同的地方，又有不相同之处。新闻采访只要了解事情的过程就行了，而报告文学的采访有时是体验式的，它要在采访中再现事情的原貌，然后才能把事情“呈现”出来，而不是简单地叙述出来。这本书这么感人，其中的细节这么丰富扎实，足见作家在采访中所下功夫之多。

最后，我想说一说这两本书的另一个特色，就是语言的凝练与干净、到位。耀成作品的语言简洁有力，既厚重又明快，既朴实又灵动，这可能跟他当过多年编辑有关。他自己就曾在一篇文章中说过：“我是一个讲究作品的文字远远胜于打扮自己衣着的人。”现在很多人不看小说，我想，其中一个原因就是很多小说的文字太黏了，一个割麦子的动作要写上好几页，那种花拳绣腿、叠床架屋的文字，读起来实在腻人。在生活节奏如此快的当下，怎么能让人耐心读下去？因此，耀成这两本书简洁明快的文字，让人读来非常痛快轻松。

我一个总的意思是，甬帮如同晋帮、徽帮等商帮，是一个非常值得开采的文学富矿，王耀成在这方面做出了令人瞩目的开掘，成果显著，可喜可贺。但我也希望在宁波市委市政府、宣传部的关心和支持下，看到更多反映甬帮的重头作品，不仅是传记，其他体裁，如影视剧、话剧等，也能有所表现。因为，我觉得我们现处在一个影视剧文学的时代，平面媒体 10 本书的影响力有时抵不上一部电视剧。

2008. 8

在龚自珍与鲁迅之间“扯扯淡”

今年是鲁迅先生逝世80周年，但恐怕没有人会记得中国近代史上第一位思想启蒙大家和诗文大家龚自珍逝世175周年。陈漱渝先生和我今年出版了两部历史文化名人传记，分别是《搏击暗夜：鲁迅传》和《剑魂箫韵：龚自珍传》，在上海书展上，作家出版社总编辑黄宾堂出了个题目，请陈漱渝先生和我座谈，这个题目叫“从龚自珍到鲁迅：串起一部中国近代思想史”。

这道“命题作文”犹如一个庞然大物，再长的手臂恐也难以将其拥入怀中。仅仅是一个龚自珍，或一个鲁迅，即使皓首穷经一辈子，也未必能理出一个头绪来。更何况将两个人“串”到一起？再加上活动要限制在一个小时结束，还得留出半个小时签售，因此每个人的发言时间只能在10分钟内。如此这般，除了“扯扯淡”，还能干什么呢？记得曾有位美国学者写过论著《论扯淡》，非常畅销。接着又有人写了《论为何要扯淡》，也畅销。可见“扯淡”是个世界级的现象，非本国特色，因此用不着为此而感到有什么不安。高官们在主席台上“扯淡”，学者、评论家、作家在各类论坛、研讨会上“扯淡”。因此常有这样的尴尬，参加一个什么研讨会，扯了半天或一天，过两日竟想不起究竟“扯”了些啥？

出版社出了咱的书，既然有此要求，就得配合，抡起胳膊使劲地“扯”。这是一个宏大而非常有深度的话题。我想，虽然有人写过关于龚自珍和鲁迅比较研究的博士论著，但要梳理清楚这两座思想高峰之间的精神脉络，可能写多部专著，也未必能说清楚。从 1840 年鸦片战争开始，一部中国近代史拉开序幕，大清帝国闭关锁国的大门被侵略者的炮火轰开，中国进入了痛苦而痉挛的历史转型期。在此多年前，龚自珍曾发出过忧心如焚的醒世预言和嘶喊，可是他的剑气箫音，无法激活大清王朝昏庸的睡眼。一部近代思想史，是从龚自珍的嘶喊开始的。发人深思的是，一个多世纪后的鲁迅，同样也身处重大的历史转型期，他拿来许多别国的理念，同时也承续了龚自珍等许多前人的启蒙思想，成为另一座思想、文学的高峰。这个高峰，至今无人能超越。

当我们在思考当代文学为何缺少像龚自珍、鲁迅这样的大师级别的作家时，让我再次坚定一个想法：一个伟大的思想家，未必是一个伟大的文学家；但一个伟大的文学家，一定同时是一个伟大的思想家。思想的贫乏和缺失，正是当代文学最大的软肋。当代文学要从高原走向高峰，首要的就是为创作者注入有温度的血液和有硬度的钙质。

我在二十多岁的时候，因偶然的机遇，读了很多鲁迅的作品。1974 年底，我从苏北农村参军到东海舰队后勤俱乐部。那是一个书荒的年代。正好俱乐部图书馆里有一套鲁迅全集，那时几乎是囫囵吞枣般看了鲁迅全集中的 10 卷创作文字，翻译文字看了部分。毫无疑问，在写作龚自珍传记之前，我对鲁迅的了解要多于龚自珍。2012 年，在我开始接触龚自珍的史料时，常常有种如同梁启超所说的“若受电然”的感觉。为何历经了两个多世纪，龚自珍的思想仍然能撞击我们的神经？这是我常常要思考的问题。另外，我发现，鲁迅的很多思想确实熔铸了龚自珍的启蒙思想元素，从龚自珍到鲁迅，这两位思想和文学大家，有太多可以对接、关联、相融的地方。

虽然，从现有的史料看，鲁迅著作中，没有直接提及龚自珍的文字。王元化先生曾撰文对此提出疑问，他的揣测是，章太炎当过鲁迅的老师，而章太炎因与龚自珍分属不同的学派而骂过龚自珍。因此，鲁迅对龚自珍的评介保持沉默。但这也仅仅是揣测而已。在鲁迅的多位友人的诗和文章中，曾提到鲁迅对龚自珍诗文的喜爱。如沈尹默在怀念鲁迅的诗中说鲁迅“少年喜读定庵诗”。许寿裳在《亡友鲁迅印象记》中提到，鲁迅的一首纪念杨杏佛的诗“才气纵横……无异龚自珍”。唐弢在《鲁迅全集补遗编后记》中说：“先生好定庵诗。”

其实，从这些考据式的史料中，我们并不能清晰地梳理出龚自珍与鲁迅之间的思想脉络。这里，我从他们的诗文以及他们的生平形迹中寻丝觅迹，来提供几点我的个人感悟——从思维方式、重要思想关注点、思想资源的异同，来看两位巨人的相通、相融之处。

首先是思维方式。我曾在《龚自珍传》中写过类似的文字，认为龚自珍批判性的思维方式几乎贯穿了他的一生和整个诗文创作过程。龚自珍的诗文中，当然也有纯粹写情感的部分，比如他在辞官南返后写的大型组诗《己亥杂诗》中，有不少是写他与一位青楼女子灵箫之间情感的。但他的主要代表作品，都充满了批判的力量。他批判整个士人阶层良知的缺失，“士皆知有耻，则国家永无耻矣；士不知耻，为国之大耻”；他批判整个时代人才的平庸，平庸到不仅朝廷无贤臣良将，就连偷技高明的盗贼也没有；他批评扼杀人才的文字狱，使得“万马齐喑”，士人们“避席畏闻文字狱，著书都为稻粱谋”；他批判官场普遍存在狮子猫人格，他们不会捉老鼠，但非常擅长讨主人的欢心；他批判封建专制集权制度，使得士人们一个个都成了扭曲的“病梅”……至于鲁迅，他一生也都在进行社会批判，他的杂文、散文、小说等，都充满了批判的精神。林语堂先生在鲁迅逝世后写的不算悼文的“悼文”《鲁迅之死》中说：

> 鲁迅与其称为文人，不如号为战士。战士者何？顶盔披甲，持矛把盾交锋以为乐。不交锋则不乐，不披甲则不乐，即使无锋可交，无矛可持，拾一石子投狗，偶中，亦快然于胸中，此鲁迅之一副活形也。德国诗人海涅语人曰，我死时，棺中放一剑，勿放笔。是足以语鲁迅。

这里，语堂先生用酸溜溜的口吻，无疑是说，“这个鲁迅呀，无非就是一个好斗的人。如果找不到可斗的对手，就是捡块石头打打狗，也是很快活的。至于是不是文人，是可疑的。”我这里想说的是，语堂先生呀，中国自古以来就不缺文人的，即使像你这般的大作家等级的文人也是不缺的，中国文学史上哪个朝代都可以抓出一大把。而缺的偏偏就是有热血、有心肝、有豪气、敢亮剑的“战士”，更缺的是战士型的文人。语堂先生在现代文学史上，与鲁迅的差距恰恰就在这里。龚自珍与鲁迅同属战士型的文人。

其次，龚自珍与鲁迅在思想关注点上也有惊人的相似之处。我在梳理龚自珍的思想脉络时发现，龚自珍的思想是有一个主要聚焦点的，那就是人，人才、人格。他的所有批判性思维皆围绕此轴心展开。他衡量一个朝代盛衰的标准是什么？是这个朝代拥有什么样层级的人才；他考量一个朝代制度是否先进的标准是什么？是能否让真正优秀的人才尽其所能；他测量一个社会是否充满活力的标准是什么？是这个社会国民是否具有理想的人格。龚自珍的那些著名的诗文，如《乙亥杂诗》之“九州生气恃风雷”，《明良论》《尊隐》《病梅馆记》等，其题旨谈的都是人，或是批判扼杀人才的机制，或是呼唤身心健全具有理想人格的国民，从山野间涌现。至于鲁迅，读者都非常熟悉，我只是稍稍点到为止。他在第一篇白话小说《狂人日记》中，就揭示出中国几千年封建社会的本质是“吃人”，鲁迅的深刻之处在于，他不仅指出主人吃奴才，更指出奴才相互间也在“吃”，被“吃”的“人”也在“吃人”。狂人曰：

> 四千年来时时吃人的地方，今天才明白，我也在其中混了多年……我未必无意之中，不吃了我妹子几片肉……有了四千年吃人履历的我，当初虽然不知道，现在明白，难见真的人！

他一生都在用笔致力于掀翻这“吃人的宴席”。鲁迅先生对麻木不仁的“看客”痛心疾首，正是因为“看客”现象的刺激，他弃医从文，致力于从精神上疗治这个病入膏肓的民族。他认定，中国的问题，“其首在立人，人立而后凡事举；若其道术，乃必尊个性而张精神”。

最后，龚自珍与鲁迅的精神思想资源有相同之处。由于他们所处时代各异，他们汲取的精神营养的来源便也有所不同。龚自珍自称“何敢自矜医国手，药方只贩古时丹”。其实，他是以“古时丹”来做挡箭牌，他的思想主要还是来自对社会现实的敏锐过人的洞察力。他批判的所有社会痼疾、他发出的“衰世”信号，均有现实的依据。他的家国情怀、忧患意识，始终充溢在他心中。我听到当下有学人说，伟大的思想家只有一种，那就是忧天下，而非忧君王。这样的划界，似乎过于绝对了。所谓忧天下是“忧”什么？具象化地说就是“忧苍生”。如果一个君王，“不问苍生问鬼神”，那他的社稷还能存活多长时间呢？这时有智者提醒他，请“朕”不要整天沉醉在三宫六院、酒池肉宴上，看看老百姓已经饿得人吃人了，老百姓一造反，就要改朝换代啦！你说这样的智者，是忧天下，还是忧君王呢？因此，伟大思想家的思想中有非常复杂的元素，需要我们仔细甄别，而不是作看似斩钉截铁，其实并不周严的判断。鲁迅的精神思想资源中自然少不了传统文化，除了受其浸润、批判性地加以吸收外，与龚自珍不同的是，在中国大门洞开、许多外来思想纷纷涌进的大背景下，鲁迅面对世界文明进程中的大量优秀思想成果，可以有更多的选择。但面对的甭管是“古时丹”还是“拿来”的火种，他始终保持着对中国社会现实的深刻洞察力，在这一点上，他与龚自珍再次不谋而合。他的杂文、散文、小说，都是针对严酷的社会现实有感而发，因此能够在众声喧哗中保持其独立思考的品格。这使得他的思想在80年后的今天，仍然闪烁不灭的光亮。无论是思想家，还是文学家，一旦丧失了对现实的洞察力，他的精神力量必然弱化，他的人格形象必然矮化，他被读者边缘化也就是必然的了。

有记者问，将龚自珍和鲁迅串到一起，对于当下来说有什么现实意义？我们今天又应该以怎样的眼光和立场来读龚自珍的作品？

说到“现实意义”，很多人常常到此就戛然而止了。至于有什么样的“现实意义”，就留给读者去感悟了。龚自珍是中国近代史上第一位思想启蒙大家，他发出诸多醒世嘶喊，曾经开风气之先，为驱动中国社会的变革，向现代化的转型，提供了最初的思想动力；而鲁迅身处东西方思想文化相互碰撞、激荡的时代，作为五四新文化运动的主将之一，他的一生也在从事唤起民众的思想启蒙工作。当我们在梳理龚自珍到鲁迅的启蒙思想的脉络时，就会发现，他们许多最为忧心的问题，仍然在困扰着当下。因此，有专家在研讨《龚自珍传》时认为，启蒙问题在中国始终是一个未能解决好的问题。

龚自珍自称：“药方只贩古时丹。”我是不赞成照搬“古时丹”来解决当下现实问题的。先贤的智慧、思想要借鉴，但解决当下的种种困扰，还需要从实际出发，寻求新的路径。即使在写龚自珍传记时，我也时时提醒自己，不要借古人来浇自己心中的“块垒”，一切评析、论断、感悟，都必须有坚实的史料做依据。只要你的心中有“现实感”，文字、史料的背后自然就会有充沛的“现实感”流动。

至于今天我们应该用什么样的眼光来读龚自珍的诗文，这是一个非常复杂的问题。一千个人的心中，就有一千个哈姆雷特。同样是读《红楼梦》，经学家、道学家、才子、革命家、流言家……会从中读出不同的“符号”来。当代人，本身就是一个非常复杂的群体，当代人的眼光当然也就因人而异。你能从龚自珍的诗文中读出什么来，与自身的学识、修养、人格境界等有关。有的人读出启蒙思想、有的人读出“丁香花绯闻”、猎艳高手，有的人读出“哀艳杂雄奇”的诗词才情，有的人读出“怪魁”的荒诞行止……不管怎么读，我都希望有更多的人来读龚自珍，这样才有可能有更多的人走进龚自珍浩瀚博大的精神世界，让龚自珍近代启蒙思想家的地位在更多的人心中矗立起来。

2016. 8

龚自珍儿子是不是“卖国贼”

一、骨鲠在喉

自从拙著《剑魂箫韵：龚自珍传》于2016年初面世后，我才知道，公众对龚自珍儿子的印象似乎比龚自珍更深。这个印象可不是好“印象”，这个印象得自于把龚自珍的长子与中国近代史上的一个重大事件——火烧圆明园捆绑在一起。

这个事件，犹如中国近代史上一块巨大的至今仍在流血的疮疤，谁沾上都得遗臭万年。龚自珍作为近代最早的启蒙思想家、清代第一诗文大家而名垂史册，他不会想到，他的儿子却在死后若干年长期被污名化为“卖国贼”，至今仍遭到口诛笔伐。这一对父子形象的极致反差，在中国文学史上可能再无他例。

我经常被人问道：“龚自珍的儿子曾否为八国联军火烧圆明园当向导？”提这个问题的人似乎心中已经有了肯定的答案。在回答这个问题前，这里首先做一个常识纠正，洗劫和火烧圆明园的是“英法联军”，而非“八国联军”。英法联军入侵中国发生在1860年，而八国联军入侵中国发生在1900年，相距40年，等到八国联军到圆明园，虽再次洗劫，但已无珍宝可捞，也无楼阁可烧了。那些沉重的石柱、石雕，既搬不动，也烧不坏，成了英法联军“强盗”行径抹不去的罪证。

如果被人当面问，我则回答：“目前未发现可靠史料可以证明此事。”如果有人通过微信询问，我则把书中相关的一段话拍下来发过去：

> 笔者遍查各种史料，未见有关此事的可靠记载。当时的清人著作、留京官员日记、当年侵略者的回忆录，无一字提起此事。如果确有其事，不可能没有文字记录。梁启超《饮冰室文集》卷四十四集（下）有一段关于龚孝拱的文字：“孝拱为定庵子，圆明园之役，有间谍嫌疑，久为士林唾骂。或曰并无此事，孝拱尝学英语，以此蒙谤耳。”如果没有可靠的证据，任何严肃的学者和写作者，岂能把传闻当作信史，写入书中？

其实，即使不引用可靠史料，用一个“常识”来作判断，也可看出所谓这一传闻是多么不靠谱！龚自珍的长子龚橙，又名家瀛等，再加字、号，有一堆。“孝拱”是其号，下文统一用“龚橙”。龚橙生于1817年，卒于1878年。（见樊克政《龚自珍年谱考略》第568页，商务印书馆2004年5月版）而英法联军洗劫和火烧圆明园事件，发生在1860年10月。也就是在英法联军火烧圆明园事件发生后，龚橙又存世18年。想想看，如果龚橙曾为英法联军当向导，在如此重大的事件中充当这样的重要角色，难道可以蒙混清廷的耳目？龚橙在无任何特殊防护的条件下，还能够苟活于世18年？清王朝再无能，但砍掉一个如此十恶不赦的“罪犯”的脑袋，还不是举手之劳？因此不要用脑袋想，即使用屁股想，也会得出一个明确的结论。而关于所谓“向导”的传闻，也发生在龚橙死后多年。

似乎到此，笔者无须再就这一事件的真伪进行考辨了。我书中的一段话，虽然文字不多，也算是一个明确的结论。但发出疑问的人，仍然持续不断。这持续不断的“疑问”，让我也有些困惑起来。既然是不足为凭的传闻，为何会产生“蝴蝶效应”，让传闻几乎变成历史上的一桩铁案？在写《龚自珍传》时，我对其子的人生经历未作太多关注，因此涉及龚橙的文字也就不足一千。因这段传闻，不仅彻底毁掉了龚自珍儿子的形象，也连带着让其父受玷污，因此我觉得有必要再下一点案头功夫，将事件的真相作一个稍稍细致的爬梳。

二、“八卦”传闻

我的史料收集途径主要是两个：一是通过论文期刊网，搜索相关的研究论文；二是从图书网上购买可能有关联的书籍。从第一个途径，获得了十多篇论文资料，其中有几篇不算严格的论文，但谈到了龚橙与火烧圆明园的问题；从第二个途径获得的书籍有五部，其中最重要的是法国学者贝尔纳·布里赛写的《圆明园大劫难》，这部书 2003 年由巴黎峭岩出版社出版。2005 年译成中文，由浙江古籍出版社出版。2015 年 10 月（修订版）又由上海远东出版社再次出版。我获得的是上海远东出版社新出的修订版。真是孤陋寡闻，时隔十多年，通过图书网络搜索才知道这部书，虽然晚了些，但让我有如获至宝之感。因为这是一部迄今为止最为全面地呈现英法联军洗劫和火烧圆明园事件的书籍，60万字，厚达600多页。这部书最为接近历史真相，因为作者是在查阅了70余种当事人的传记、回忆录、日记资料后撰写而成的。最为难得的是，该著的作者法国学者，以一个现代知识分子的眼光和良知，不仅对那段历史有翔实客观的记录，而且有较为深刻的反思。

从收集到的资料中我发现，关于龚自珍儿子为英法联军火烧圆明园当“向导”，乃至被称为“主谋”，这样的毫无确证的“八卦”，在当代仍然在继续传播、发酵。影响最大的大概要数一篇语文课文，教育带来的效应从来都是深远的。在人教版六年制小学语文课本第九册第七单元，有一篇名为《圆明园的毁灭》的课文。该文只有数百字，对圆明园如何辉煌及被英法联军劫掠和毁坏的过程作了非常简略的描述，内容并未涉及龚自珍儿子是否为英法联军当向导。问题出在，很多语文老师在解读课文时，将“八卦”传闻当作历史事实，总是要列举此事，作为爱国主义教育的反面教材。由此产生的影响之大，实在难以估量。因为从娃娃起，很多人脑子里就刻下了龚橙是“卖国贼”的烙印。在《人间一股英雄气——记清华大学附属小学窦桂梅》的报道中（《北京教育》2006年3月号第15页），介绍窦老师的教学经验，有这样的文字：

> 焚毁圆明园的前几天，英法联军列队入城之时，清军士兵夹道跪迎，北京居民观者如市，这一场面后来被痛斥为“麻木”，通常也被历史隐去。中国人龚橙（龚自珍的儿子）是火烧圆明园的主谋，因他带的路。

在《资料性课程资源在结课中的效用》中（张海峰、刘健文，刊《语文教学通讯·小学刊》2006年第一期第52页），谈《圆明园毁灭》一文的教学心得，文中说：“据说中国人龚橙——著名诗人龚自珍的儿子是火烧圆明园的帮凶，是他带的路。”笔者还搜索到另一篇也是谈教学心得的文章，题为《在阅读教学中培养学生的高尚情感——以〈圆明园的毁灭〉一课为例》（王金才文，刊《新课程研究》2006 年 9 月号第 27 页），此文专题谈《圆明园的毁灭》的教学，有这样的字句：

> 皇帝、太后跑了，清军在街道两旁夹道跪迎强盗入城，著名诗人龚自珍的儿子龚澄（橙）领着英法联军进入了圆明园……

这位老师还用这样的提问句，来激发学生的爱国情感：“……无比的耻辱，几千年文明熏陶下的人民竟然这样的不知羞耻？著名诗人龚自珍的儿子龚澄（橙）居然是数典忘祖的汉奸，领着强盗进入了圆明园？”这些文章和报道，在引用这一历史事实时，没有标明史料的来源。在《“圆明园，是谁烧了你”补说》（刘振修文，刊《中学历史教学参考》2003 年第 12 期第 16 页）中，作者称：

> 龚自珍长子孝拱，少好学……各国语言文字，略知一二。英人威妥玛立招贤馆于上海，延之为秘书。……民国初年蔡东藩《清史演义》说，英人北犯，他恰跟入北京，火烧圆明园，定是他唆使，烧了三日三夜，变成一堆瓦砾场，只有珍奇古玩，由半伦（龚橙）带领洋兵搜取净尽。又据《清朝野史大观》卷一载：“橙单骑先入，取金玉重器而归”。……咸丰十年八月癸亥之谕也能证明这个名人之后作恶的可信性，谕旨曰：“该夷去国万里，原为流通货物

而来，全由刁恶汉奸，百端唆使，以致如此决裂。”

且不说这个咸丰皇帝把与英法的“决裂”责任，一股脑儿推到“汉奸”头上是多么荒唐可笑。仅从字面看，也没有提到与龚橙有什么关联。另外，请读者注意，该作者引用的资料，不是“演义”，就是“野史”。如果没有严谨的考证，这些都是无法作为信史来确认的。虽然“正史”与“野史”，有时也很难说谁更接近历史真相。“正史”的编修者出于某些因素，会有意避讳和遮蔽一些该记录的史实，但如龚橙确有此类行为，没有任何需要避开不录的理由。

这些文章大多刊登在语文教学参考类期刊上，在语文教学中具有引领作用，在语文教育的从业人员中当然会有很高的阅读量，再通过课堂连锁扩展传播，对龚自珍儿子的形象，必然带来连续性的大面积伤害。难怪一个多世纪过去了，一个根本不存在的“卖国贼”面孔，却得以在众多国人的脑幕上定格。

另一类传播载体，便是一些研究者和著名作家的文字。找到若干例。在《火烧圆明园，谁是“带头大哥”？》中（谭伯牛文，刊《报刊文汇》2007 年 3 月号第 81 页，摘转自《断章取义晚清史：天下残局》），谈到是谁点燃了火烧圆明园的第一把火，指出有三种说法，这三种说法，都把火烧圆明园的主犯指向了中国人。第二种说法则指出：联军入京，龚橙导之毁园。龚橙是著名爱国主义诗人龚自珍的儿子，也是英国公使威妥玛的中国密友。他曾说出过“中国天下，与其送与清朝，不如送与西人”的名言。当时士大夫几乎一致认为他向联军提出烧毁圆明园的建议，龚橙终其一生，也未对这个指控进行过辩白。这里虽然只是将龚橙“卖国贼”的行为，作为三种说法之一，但作者的语气是肯定性的。这里我首先根据史料推翻一个说法，龚橙的“八卦”传言，出现在龚橙离世之后，而不是生前。所谓“龚橙终其一生，也未对这个指控进行过辩白”就成了一个没有前提的判断。有一篇杂文，题为《龚自珍的败笔》（向贤彪文，刊《江西日报》2005 年 2 月 10 日），居然将电影《火烧圆明园》作为信源来引用：

> 凡看过电影《火烧圆明园》的，都会记得这样一个情节：一个戴洋人帽，穿白色西服，出入洋兵营盘的假洋人，强拉民妇供侵略军蹂躏，又引洋兵闯进圆明园……这个充当可耻汉奸角色的，就是龚自珍的长子龚橙。

该文以此为据，批评龚自珍如何未能注重儿子品行修养的培育。文章以虚构的电影为据，再以此倒推龚自珍教子无方，逻辑上显然无法成立。

这类文章中影响最大的要数著名老作家李国文写的多篇大“骂”龚自珍儿子“卖国”的文章了。手头就有两篇，一篇题为《名父之子》（刊《河北日报》2016 年 5 月 6 日），文章开篇就说：

> 龚自珍是名人，龚自珍的儿子，应该也算得上是个名人，因为圆明园是他引领英法联军去烧的。

> 万园之园的圆明园化为灰烬，固然是英法帝国主义的罪恶。但龚自珍之子为向导，为高参，为狗头军师，出这恶主意，坏点子，是不能饶恕的。历史的这一页，就永远留下了这个丑陋的名字，遗臭万年。

李先生义愤填膺，文采斐然，但他的史料来自何处呢？一是与前面刘振修的文章为同一处，即《清朝野史大观》（卷十）中的一段记载。还有就是咸丰皇帝癸亥之谕里，大骂“汉奸唆使”，但其并未涉及龚自珍儿子的那段话。刘振修也引用了。国文先生则大加发挥：

> 在诏谕里出现“汉奸唆使”之词，当有所指，绝不是普通老百姓，而是有头有脸之辈，自然是冲着龚自珍这样有大名声的人而言，若他地下有知，将何以堪？

国文先生这是把写小说的浮想联翩的思维方式，用到写史学类文章上来了。国文先生还有一篇专题批评龚橙的文章，题为《龚自珍的不肖子》（刊《同舟共进》2005 年第三期）。他在高度赞誉了龚自珍的诗文成就后写道：

> 他的一个儿子叫龚橙的，却是地道的混账东西，地道的浪荡无形的人，地道的引狼入室的卖国贼。

他的史料依据，除了上文中标注的以外，另据几种野史记载，大多是说龚橙生活如何放荡不羁。真正涉及圆明园事件中如何充当“卖国贼”，也是来自《清朝野史大观（卷一）》。同样的引文，前文标注为“卷十”，此处为“卷一”，总有一处是笔误。且不论。这些所谓的野史、笔记记载是否可靠，能否作为信史依据，才是最重要的。通过百度搜索可以发现，李国文的文章被很多报刊刊发，更不用说被难以统计的网络转帖，又被很多人作为历史事实引用，可见影响之大。由此我想到，名作家写文章，涉及历史事实理应慎之又慎，其拥有的名牌效应和公信力，往往会令其言其文失之毫厘而谬之千里。

三、“稗官”杜撰

传播龚橙为英法联军当向导的，不仅有龚橙卒后十多年的一些野史和笔记，还有两部影响很大的小说。虽人人皆知小说为虚构的文体，但因其大众化的传播特点，产生的影响往往远远超过私家笔记和文章。就如同《三国演义》的影响力远远超过《三国志》。非史学研究者，常常是分不清两者之间关系的。就如今日，很多人从历史电视剧中获得历史知识一样。

其中一部为民国时期曾朴著《孽海花》，写到一青楼女子与龚橙的对话。女子问龚为何引领英国人火烧圆明园？龚橙答：“你当我老子是好死的吗……我老子和我犯了一样的病，喜欢和女人往来，他一生恋史里的人物，差不多上自王妃，下至乞丐，无奇不有……”“他被满人毒死在丹阳。”为了报复满人的杀父之仇，“庚申（指1860年英法联军攻战北京，咸丰皇帝逃往热河）之变，我辅佐威妥玛，原想推翻清朝，手刃明善的儿孙。虽然不能全达目的，烧了圆明园，也算尽了我做儿的一点责任。人家说我汉奸也好，说我排满也好，由他们去吧！”

这段话真是离奇得距离史实十万八千里。其一，说话口气哪像儿子谈论父亲？其二，龚自珍被清朝贵族“毒杀说”，经考证完全属无稽之谈，而建立在“无稽之谈”基础上的报复行为，又从何谈起？其三，这是小说，是虚构出来的“稗官野史”，岂可当作信史来征引？

另一部是蔡东藩所著《清史演义》，书中写道：这一日圆明园中火光烛天，一个身穿洋装的中国人在引导英军放火，清廷武备院卿恒祺问他是谁，他大声道："谁人不晓得我龚孝拱，还劳你来细问！""看官！你道龚孝拱是何人？他是晚清文人龚定庵长子……这次英人北犯，他恰跟了进京，烧圆明园，实是他唆使。"（两例均转引自王开玺《龚孝拱引导英军焚毁圆明园考论》，《北京社会科学》2011 年第 4 期）这样的小说情节，真是"荒唐"复"荒唐"。既然清廷大臣都知道龚橙在引导英军放火，怎么可能在圆明园事件之后，他还能继续像常人一样存世 18 年？谁敢说，清军的大刀、弓箭对付不了英军的火炮，所以连一介普通中国文人的脑袋也砍不下来？

对于不明真相的大众，演义、小说中的杜撰，就成为先入为主的"信史"，这是多么可怕的事！谣诼之言，杀人不见血，此之谓也。这样的小说面世于龚橙死后很多年，作者知道，当事人不会从黄土下爬出来找他们算账，因此敢用真名实姓胡编乱造。

四、绝无此事

下如此结论，是否过于武断？

下面笔者列举已掌握的权威考证文章和书籍史料来做论据。在当代学者和作家中，已经有人对此史实作了相当严谨的梳理。只是他们的文章发表在小众的期刊上，未能如李国文先生的文章那样，产生裂变式的传播效应。有两篇史学研究者的文章，大大减轻了笔者考证这一历史事实的压力。其一为《龚孝拱引导英军焚毁圆明园考论》（王开玺文，刊《北京社会科学》2011 年第 4 期），作者为北京师范大学历史学院教授、博导、中国圆明园学会学术委员。其二为《龚孝拱事迹考》(叶斌文，刊《史林》1999年第3期)，作者为上海社科院历史研究所助理研究员。这两篇文章，前者重考证，后者重叙事，是目前看到的对龚橙的生平行迹最为详细的介绍。他们的共同特点是，所有的史料来源都有详细的标注。此等案头功夫，是作家李国文远远不及的。如果国文先生在写《名父之子》前，先查阅一下这两位学者的文章，大概就不会那么抓住野史中的只言片语，洋洋洒洒地随性发挥、妄下断语了。但是这两篇考证文章，皆未能征引法国学者关于这一事件最为全面而又权威的读本《圆明园大劫难》。前文作者可能未注意到此著，后文作者的文章则写于此著出版之前。如果他们同时也能参照这部书，那么笔者几乎可以放弃此文的写作了。

叶斌考证后断定，"庚辰之后至少八年内，世人尚未以圆明园事加诸孝拱。"王开玺遍查最初相关史料，无任何龚橙引英军焚掠圆明园的记载。这些原始的记载，包括恭亲王奕䜣、内务府总管明善、步军统领瑞常给咸丰皇帝的奏折、《李慈铭日记》等。恭亲王的奏折说，英法两国夷人："于(八月)二十二日(10月6日)窜扰园庭，肆行焚掠"，"因夷兵退出，旋有匪徒乘势聚众抢劫"。明善的奏折称："初次夷人进馆焚烧，尚无土匪。自二十三日后，时有土匪进园，后被获正法"。瑞常的奏折和李慈铭的日记，也表述了类似的情形，未见有一字涉及龚橙。

王开玺论文的要点是，

> 大约在民国初年，社会上开始流传龚自珍之子龚孝拱认贼作父，引导英军劫掠并焚毁圆明园。这一传言，虽然当时即有学者表示怀疑，但经若干笔记野史渲染，似乎已成铁定事实。近年，这一说法再次泛起传播。笔者对相关

史料分析后认为，所谓龚孝拱引领英军焚掠圆明园云云，实为三人市虎之传言，不足为信。

当时的一些笔记、野史，虽有中国奸人劫掠圆明园的记载，但并无具体明确的姓名指称，更无龚孝拱引领英军焚掠圆明园的说法。

这些野史、笔记有陈代卿的《庚申畿辅纪略》(1905年排印本)、王闿运的《湘绮楼自书圆明园词》(1921年有影印本)、徐树钧的《圆明园词序》。这些最初的记载，均无龚橙与圆明园焚掠有任何关联的文字。1897年杨圻写的《檀青引》涉及具体人，文中说:“奸民李某，导联军劫圆明园，珠宝珍玉尽出，三朝御府希(稀)世之物，不知纪极掠殆尽”，还说清政府“稍稍闻圆明园之毁，祸由李某，下狱穷治诛之，籍其产，以赐文丰家属焉”。这里记载的“李某”，与法国学者贝尔纳·布里赛的《圆明园大劫难》中，有一处记载可以互证。1860年10月6日，英法联军在向圆明园“挺进”途中，因“一路上都是茂密的树木，纵横交错的道路简直就是个大迷宫！下午2点，法军抓了个农民，让他在前面带路……”([法]贝尔纳·布里赛《圆明园大劫难》第287页)这里未说被抓的中国农民“向导”姓什么，是否中国文人野史记载的“李某”，也无法确定。请注意，当时英法联军分头向圆明园进发，书中谈到被抓的中国农民，发生在法军。也许因为法军有这个农民带路，实际情况是当晚7点法军先到了圆明园，而英军则于第二天中午时分才抵达。是因迷路，或忘记了与法军会合的地点是在圆明园，当事人有不同说法，但甭管怎么说，英军比法军迟到了10多个小时。([法]贝尔纳·布里赛《圆明园大劫难》第295页)该著无任何文字写到龚橙为英军当向导，果有此事，这么重要的角色，书中不可能忽略。假如有龚橙当向导，英军反而迟到10多个小时，也是不可思议的事情。而这部法国学者的著作，是综合了70余种英法联军当事人的日记、回忆录、传记提供的原始资料写成，是迄今最全面、最具权威的全景式呈现英法联军圆明园之役的史学著作。

另外，无论是中国的正史，还是野史记录，史学界基本的共识是，英法联军对圆明园的劫掠在前，中国奸民哄抢于后。至于火烧圆明园的“主谋”，布里赛的书中也有详细记载。这里可以分“决策”和“动机”两个层面来看。英法联军有四个关键性人物，在英方，军事统帅是格兰特、外交特使是额尔金；法方的军事统帅是蒙托邦、外交特使是葛罗，英法远征军与外交特使从不同的途径进入中国。重大的军事行动由英法军事统帅协调决定；涉及外交谈判，则由两个外交特使负责。像火烧圆明园这样对两国关系、对国际社会都会产生影响的重大行动，根本轮不上一个普通中国文人来当“主谋”“引导”。如果无史实依据，做这样的揣测，只能是太低估了英法联军决策层的智商。他们是入侵中国的“强盗”，但不是文盲、莽汉，他们也是受过教育和训练的会思维的“强盗”。从布里赛书中提供的史实看，英法联军的统帅在是否火烧圆明园上是有分歧的。提出和决定实施这一重大恶行的是英国特使额尔金和英军统帅格兰特。“动机”和直接“导火索”，是英法联军与清政府之间发生的“人质事件。”

在英法联军攻陷天津时，清廷钦差大臣桂良与英法特使曾有一场谈判，因在某些条款上无法满足英法联军的要求，天津谈判失败。其中有一条款是英法联军各派1000士兵到北京出席条约批准换文仪式。桂良答应了英法联军的要求，但遭到咸丰皇帝的否决。他怒斥桂良等“丧心病狂，擅自允许，……违旨畏夷”。和谈不成，英法联军继续向北京进攻。强硬的态度和维护皇上的“脸面”，得有相匹配的军力。怎奈大清帝国的弓箭、大刀、长矛、马队，在率先完成工业化革命、手持先进枪炮弹药的英法远征军面前节节败退。眼看大清皇帝的那张龙椅也岌岌可危了。此时，皇帝又派新的钦差大臣、“实际主政”的三大王爷之一怡亲王载垣来商谈和约了。（[法]贝尔纳·布里赛《圆明园大劫难》第229页）怡亲王以皇帝全权大臣身份致函英法使臣额尔金和葛罗，恳请英法联军不要再向北京推进，要求他们返回天津，然后开始和谈。英法使臣则回复怡亲王，“鉴于前派大臣背信弃义，在抵通州之前不存在商签任何条约的可能”。怡亲王仍要求英法联军撤回天津，否则将可能重燃战火，因为他虽是“全权使臣”，但左右不了军队的行动。此言在英法特使看来，是带有威胁性的。但这种“威胁”说了等于白说，阻止不了英法联军的进攻。在临近通州的地段，额尔金派巴夏礼和威妥玛去通州，拜会怡亲王和随同大臣穆英，双方谈判持续八个小时，怡亲王做出退让，交给巴夏礼和威妥玛一封急件，表示完全同意额尔金的要求。两天后的9月17日，英方巴夏礼、罗亨利和诺曼，还有法方的葛罗首席秘书巴士达等人，再去通州会见中方全权大臣，以便敲定英法特使与中方全权代表会谈的具体事宜。此次谈判持续七个小时，气氛非常紧张，双方都有剑拔弩张的非理智举动。但最终似乎还是达成了准备签署和平协议的共识。但出乎英法联军统帅和外交特使意外的是，第二天（9月18日）英法参与谈判人员（有军人、外交官和文职人员），共三十多人，在举着白旗回营地途中突然失踪。英法联军发现，这些人实际上被清军扣留而成为“人质”了。这一事件被后来的很多当事人看作“9·18圈套”。也有人后来认为，如此再次背信弃义的行为，非全权大使所为，而是主战派清军将领僧格林沁干的。（[法]贝尔纳·布里赛《圆明园大劫难》第243页）甭管是谁干的，是否获得皇上准奏也已经不重要，反正此事产生了非常恶劣的后续效应。即使在战争中，双方也不应该扣留或武力惩处外交使节，这也是中国传统就有的处理外交关系中的伦理。侵略者应该严惩，但显然不能用此类愚蠢的手段。于是和谈终止，清军与英法联军在八里桥发生激战，又是以清军的惨败告终。英法联军决定继续向北京城挺进，约定在圆明园会合。

清廷开始陆续放回“人质”，但有相当一部分人在酷刑中死亡。根据统计，英法联军被扣留作“人质”者共 39 人，其中 20 人已经死亡，他们收到的是 20 具棺材。活着回来的人，则痛诉他们受到的种种“残酷折磨”。面对“人质事件”，英法联军的头头们都主张采取“报复”行动。因为此事在他们看来践踏了国际法，如果不采取行动，将难以平息国内舆论及政府高层的压力，从而影响他们自身的职业命运。“报复”是共识，但在如何采取“报复行动”的问题上，英法联军的统帅和外交特使，有不同的想法。法国人主张以“直接进攻皇宫”相威胁，摧毁皇宫，“以便在一国之都的中心留下一个令人永久遭受创伤的记忆”。而英国人则宣布“应该把皇帝的夏宫圆明园完全彻底地烧毁”。英国特使额尔金在给法国特使葛罗的信函中写道：“圆明园是皇帝偏爱的居住之地，摧毁它就等于打掉皇帝的威严，也刺痛他的个人情感。正是在这个地方，他把我们那些可怜的同胞弄来，对他们施行了最残酷的折磨……”（［法］贝尔纳·布里赛《圆明园大劫难》第 383 至 388 页）

好了，笔者简单引文介绍圆明园被烧的“决策”过程，并不是要在这类“野蛮”对“野蛮”的行径中分出什么是非来，仅仅是想借此说明：这一事件与龚自珍的儿子无任何关系。不要说无可靠史料证明龚橙参与了英法联军如此重大的行动，即使按照常识，也可判断：一介普通中国文人，想成为“主谋”，恐怕也是不具备资质的。咸丰皇帝癸亥诏谕里那段话，并未提及龚橙的名字，同时把责任一股脑儿推给国内“奸民”，也是荒唐可笑的。他的事实依据从何而来？圆明园被烧时，他作为一国之主在哪里？大概正在热河宫妃温热的被窝里吧？

虽然从表面史实看来，“人质事件”与英法联军洗劫和火烧圆明园似乎有因果逻辑关系。但我也不认为，假如没有“人质事件”，英法联军在中国的强盗行径就会收敛一些。强盗既已入室，非抢即盗，离开时再放一把火，都不会让人感到奇怪。一个衰朽的王朝，面对强悍地用军舰、火炮推销毒品的强盗，无论主战，还是主和，都难逃被宰割的命运。这个王朝已经腐烂到如同一堆朽木，它没有能力保护自己的国家、人民以及圆明园这样的收藏有无数瑰宝的世界顶级园林。“陛下”有旨，再加“摇尾”文人呼应，在“内奸”上大做文章，恰好可以遮盖无能无力抵御外侮的衰朽。

五、咸丰“鹿血”

这个标题化用自一个曾风靡一时的保健品“中华鳖精”。不知道精明的商家，是否也会来借皇帝威名，研制一款名叫“咸丰‘鹿血’”的保健壮阳药。

关于龚橙与火烧圆明园的话题，说到这里，笔者觉得有必要宕开一笔，说几句闲话。

在查阅有关史料时，笔者每每会从火烧圆明园，联想到杜牧写的那篇震烁千古的文章《阿房宫赋》。要说当年阿房宫的繁盛，恐怕不在圆明园之下。秦王朝灭掉六国，然后将俘获的美女和掳掠来的珍宝皆汇集于新建的阿房宫。在杜牧笔下，美女多到何种程度呢？

“明星荧荧，开妆镜也。绿云扰扰，梳晓鬟也。渭流涨腻，弃脂水也。”想象一下，是何等了得。美女倒弃的胭脂水，让渭水都变得油腻了。至于珍宝之多，则“倚叠如山”。可是项羽一把火，皆化为焦土。在项羽的眼中，那可不是什么“珍宝文物”，而是一文不值的秦始皇搜刮民脂民膏、穷奢极欲的象征。烧了就烧了。而杜牧并未在文中谴责项羽的那把火，而是作出了秦亡的深刻反思：

> 呜呼！灭六国者六国也，非秦也。族秦者秦也，非天下也。嗟乎！使六国各爱其人，则足以拒秦。使秦复爱六国之人，则递三世可至万世而为君，谁得而族灭也？秦人不暇自哀，而后人哀之。后人哀之而不鉴之，亦使后人而复哀后人也。

阿房宫纵火者项羽是楚人，从历史语境看，他在秦人眼中也是一个外国遗民“造反派”。他的身份标识，与火烧圆明园的英法联军是否也有接近的地方？今天的学者，在谈到火烧圆明园时，除了谴责纵火“强盗”，强调圆明园的辉煌和文物价值，有多少人作出了像杜牧那样深刻的历史反思？

圆明园始建于康熙朝中期，鼎盛于乾隆时期。后任皇帝不断地扩建、续建，规模越来越大。它本质上也是大清皇帝吃喝玩乐、穷奢极欲的象征。就在国难当头，英法联军远征中国时，清廷仍在继续耗资整修圆明园，直到咸丰出逃前一个月，才迫不得已停工。（据常润华《圆明园兴衰始末》，北京燕山出版社 1998 年 9 月版）咸丰皇帝长期沉湎酒色之中，“以醇酒妇人自戕”，“身体久虚，遇庙堂大祀，常因腿软恐登降失仪，遣奕䜣恭代”。身体既虚弱多病，又要缠绵于妇人枕衾，则需常饮鹿血以提精神。因此苑内专门饲养了上百只鹿，以供“朕”饮用。清军八里桥大败的消息传来，咸丰率宠妃、皇子和有关大臣仓皇逃往热河，美其名曰：“以巡幸之备，作为亲征之举。”临行前，咸丰还记着要喝鹿血，命大臣“率鹿以行”。大臣则觉得带着一群鹿，实在是拖累，则力劝：“外兵已逼近京师，方避寇之不暇，何必率是（鹿）以为累。他日事平，再饮鹿血，未晚也。”因此才“鹿不行”。（出处同上）

这个国家的最高统治者，已经奢侈衰朽到如此地步，江山社稷还有救么？更何况一个皇家园林？你视百姓为草芥，百姓怎会用鲜血和生命来捍卫你的那些“宝物”？所谓哄抢园内珍宝的“奸民”，又有多少是朝廷逼“良”为“奸”出来的？

下面再继续龚橙与火烧圆明园的话题。

六、“影”自何来

常言：风起于青蘋之末。那么有人会问，这个“青蘋之末”在何处？即使是“捕风捉影”，“风”和“影”又是如何生发出来的？从龚橙的生平行迹看，只能大致判断与他饱读诗书、为人狂放不羁，得罪人甚多有关；也与他生逢乱世，怀才不遇，生活无固定收入，常陷入困顿，曾被朋友推荐到英人领事馆为威妥玛担任文案翻译有关。在1851至1853年间，魏源任高邮知州时，招龚橙佐撰诸书，生计是有着落的。魏源去世，他只好别寻生路。据记载，龚自珍教子重学术而轻科举。而在那个年代，靠“学术”到哪里去换取糊口的银两？王韬撰《龚蒋两君轶事》，介绍龚橙云：

中年颇不得志，家居穷甚，恒至典及琴书。旅寄沪上，与粤人曾寄圃相识。时英使威妥玛膺参赞之任，司翻译事宜，方延访文墨之士，以供佐理。寄圃特以孝拱荐，试与语大悦。

自此，龚橙断断续续担任威妥玛的译员有若干年，与英人多有交往。在那个年代，国人普遍存在一种仇外心理，尽管魏源提出“师夷长技以制夷”，“师”的目的是为了“制”。而龚橙在“夷人”手下任雇员，换取养家糊口之资，在今日看来是正常的现象，但在那个时代氛围中遭人诟病也就难免了。即便如鲁迅，在日本侵略中国的背景下，因与日本友人内山完造保持关系，至今不是也还被有的人骂为“汉奸”吗？因此“骂”龚橙“卖国”，也就有社会、时代的心理因素起作用。“骂”也就罢了，民间作为茶余饭后的“八卦”谈资也罢了，但严肃的学人、史家、教育工作者把不存在的为英法联军火烧圆明园当向导这样的恶行加诸龚橙、付诸文字，就背离了史家的职业操守。

不知道我为此而写的文字，能在多大程度上稍稍洗刷掉一点泼在龚自珍之子身上的污水？但愿信口雌黄、以讹传讹者从此能少一些。

2016.12

·浮光碎语·

美人如玉剑如虹

——何英印象

要问我对何英有什么印象？答曰：印象很深；又可答曰：印象很浅。这样一种自相矛盾的自问自答，正反映出何英形象在我心目中的复杂而多元。

虽然在我到《文学报》供职的10多年间，何英在本报发表过多篇评论，但真正开始对她密切关注并产生印象是在三年前《文学报·新批评》(后简称《新批评》)创刊之后。那时候，最发愁的是稿件来源，常常面临断炊的窘境。文学圈内人都知道，赶场子拿红包说好话的评论家成群结队，但敢于抹下脸来“亮剑”的批评家却非常稀缺。培育新的“剑客”非一日之功，最快捷的办法是把那些已经成熟的“剑客”纳入门下来。编辑部人员，几乎每天拿着“放大镜”，在各类媒体上搜罗适合给《新批评》撰稿的“剑客”的身影，一经发现，立即“收编”。天津《文学自由谈》是我们重点关注的平台，因为那里经常有武功高强的“刀斧手”出没。如今很多给《新批评》撰稿的作者，就曾是《文学自由谈》的主力队员。该刊主编任芙康先生几乎有点无可奈何地看着原本属于他旗下的大将们，纷纷转投《新批评》门下。其实，情况也没有我说的这么绝对，很多作者都是辗转在两个战场同时挥舞刀枪。报纸或刊物与作者的关系，原本就是十分松散的。一位作者愿意将他的稿件投给哪个媒体，谁也管不着。而让我感佩的是，任芙康先生并没有将此举视作“挖”墙角，而是把《新批评》和《文学自由谈》看作地处南北的同盟军，彼此抱团取暖，共同御“敌”。就是在这样的情境下，我与何英女士发生了联系。

最初的联系是，我看到何英发在某期《文学自由谈》上批评刘震云《一句顶一万句》的文章，正是《新批评》所需要的“靶标精准”而又文字犀利的稿件，于是就联系何英，请她做一些修改后再发给本刊。从此就有了邮件的不断往来。何英也就有批评文字源源不断地在《新批评》推出，成为《新批评》供稿最多的女性批评家。迄今为止，如将其所刊文字汇集起来，大概可以出一本文集了吧？其间某日，收到了何英寄来的两本书，一为文学评论集《深处的秘密》，一为随笔集《阁楼上的疯女人》。书到手，未及读文字，先看折页上的作者照片和简介。一看照片，就特纳闷：有着如此一副漂亮脸蛋的美人坯子，为何不到影视圈去当女一号，去当“英格丽·褒曼”或“莎朗·斯通”，而要在一张书桌前，敲打键盘，寂寞空对窗外月？

何英的那张脸蛋，似乎融合了维、汉两种血统，既有江南才女“柳如是”的柔媚，又有北疆维吾尔族“达坂城的姑娘”那种健朗。再看书中的文字，既才情横溢，又犀利入骨。不由让我想起金庸小说《天龙八部》里的那些女侠，个个天生丽质，同时又武功盖世，飞檐走壁，衣袂飘拂，让天下所有男人都爱惧交加。

我开始思索，是什么风水孕育了如此的精灵？用某些批评家常常用的一句套话，“在我有限的阅读视野中”，在中国的文学批评界，何英无疑是一个独特的异类。女人天生是感性的动物，弱于理性的思考、逻辑的推导，因而在中国或许全世界，从事理论研究和文学批评的女性少之又少。而从事文学批评，又敢于拉下脸来“亮剑”的女性如濒临灭绝的珍稀物种。看看中国的文学批评界，不用说女性了，敢于“亮剑”的男性批评家又有几许？而何英恰是中国批评界，让须眉赧颜的女性批评家。

何英的批评文字兼具柔美与刚直、感性与知性。读她那篇《理论的过剩与叙事的消融》，光是她开列出的西方文论中一堆理论著作的名字，就让我头晕，但她居然辨析得头头是道，挥洒自如，玩“精神分析”“符号学”“结构主义”“解构主义”“后结构主义”“后现代主义”等于股掌之中。曾有一段时间，鄙人试图恶补西方文论，把赵一凡先生的两厚本《西方文论》生吞活剥了一遍，我得承认，大多数理论概念我没有弄懂。现在能让我记住的只有一句话：“现代主义小说的标志性作品是福楼拜的《包法利夫人》，后现代主义小说的标志性作品是纳博科夫的《洛丽塔》”，此外几乎一无所获。我想这原因，除了我欠缺逻辑思维的能力，也与翻译不无关系。英语的特点是精确而细密，而汉语的特征是形象而模糊，当“精确”遇到了“模糊”，如何才能表述清楚？因此，我读翻译过来的文论大著，常常是读了后面便忘记了前面。也因此，我就特钦佩何英超强的理性思维能力。

但在读《阁楼上的疯女人》时，何英完全换了一副笔墨，在理性思辨支撑下的叙事，则充满感觉之弹性、柔美、质感、张力……她写古代现代的那些美女加才女蔡文姬、李清照、萧红、张爱玲，她写《红楼梦》中的那些红颜薄命的女性，在悲悯的情怀中融入了女性间特有的心灵感应和共振。让人感到，此等文字是须眉男儿道不出也写不出的。

特别难能可贵的是，何英的批评文字总是充满质疑、批判的精神和力量。无论是对当代文坛作宏观式的考察和评说（如《当代文

——侯海霞　绘

学的十个词组》)，还是对具体作品和现象作微观的解析（如《对〈秦腔〉评论的评论》《悲催但不悲剧》等大量文本分析评论），她的批判、质疑精神都是一以贯之的。当代一些批评家惯用的“宏观否定、具体肯定”——既要表现出批评家的洞察力又不得罪人的“油滑”批评策略，在她这儿完全不见踪影。能见到的是她鞭辟入里的、独立自由的分析和评说。那些体制的、人情的、商业的缰索，不能说完全没有，但可以说大多情境下都对她构不成牵制。她对文坛的宏观把握能力让我惊讶，她进行具体文本分析时所抵达的深度也同样令我惊讶。且不说她近期写的关于韩寒、严歌苓新作的批评，她的那篇写于2006年的《对〈秦腔〉评论的评论》，今日读来仍觉痛快淋漓，其精到的艺术感觉和大胆直言的批评，时时让我产生“心有戚戚焉”的共鸣。甭管文坛诸人如何众声喧哗地把《秦腔》捧到当代小说的巅峰地位，甭管这部小说作者后来如何据此将国家级的长篇小说大奖揽入怀中，我对这部小说文本的看法与何英可谓“英雄所见略同”。与何英所评说的一样，我也“感受不到一部优秀作品所应具有的那种品质”。我曾经花了两个双休日试图把这部小说读完，但读了不到10万字，还是不得不非常痛苦地弃置一旁。我不理解，读者有什么必要花宝贵的时间来消化贾平凹先生用琐碎的毫无价值的细节堆积起来的“泼烦”的日子？她在文中切中肯綮地指出，“《秦腔》让我看到了中国人精神的矮化。……一部作品若是就这么匍匐在地面上，没有任何可以想象的出口，你能说它是一部多么了不起的作品？”此类“症候”，在贾平凹其后的长篇中仍在延续。

何英的批评文字，不追求所谓“片面的深刻”，很少将某种观点推到极致，很少故作惊人之语。她是标准的鲁迅强调的“好处说好、坏处说坏”的客观公允的批评的践行者。这样的批评文字，在不失锐利的同时，又有一份中正的平和。因此，也很少见到某位被批评者因她的文章而暴跳如雷，乃至要诉诸法庭等。因而，她的评论很难产生像某些批评家向往的一石激起千层浪的传播效应。这也是何英的批评文字很多，却很少成为传媒围观对象的原因。在这个人人都喜欢“刺激”的年代，她的批评方式，虽然正是我们理想中的批评，却难以在短期内暴得大名，这也成了何英的批评成就迄今尚未得到批评界充分评估，乃或被低估的原因。

何英在中国文学批评界是独特的，独特，不仅仅在于她用女性视角来观察文坛和评析作品；独特，也不仅仅在于她始终能保持独立的评判立场；最为独特的，是她地处西部边缘地域，却拥有一种全球视野和涉猎古今中外的深厚的阅读积累。这两点是成就一位优秀批评家的重要前提。在她这个年龄，她在这两点上已有的相当充足的储备，令我敬畏有加，我也对其今后的持续发力充满了期待！

何英之成功，就其内部因素而言，她始终保持着一股职业批评家的批评激情和冲动。不像有些人，仅仅是把批评当作获取一种学术评判资格或个人利益的权宜之计，目的一旦达到，立即“刀枪入库”，开始融入和谐暧昧的作家批评家群体。就外部因素来说，长期生活在相对寂寞的边缘地域，使得她不具备赶场子拿红包的条件，这反而成就了她，使得她能够滤去现代都市人的浮躁之气，静下心来，在书斋里一部接一部地阅读，往大脑里填充营养，在襟怀中培育浩然之气；而现代互联网技术，又使得她可以超越地域的局限，便捷地获得所需要的来自全球各个角落的资讯……

就是这诸多因素孕育出了现在的何英。如果有朝一日，何英成了京城的名角——各种名目繁多的研讨会、论坛，主办方感觉缺了何英就有些遗憾——而她的书桌、床头则堆满了为赴研讨会需要阅读实际上无暇阅读的“垃圾文字”——那么，何英还会是今天的何英吗？

说起来，我与何英只有一面之交。她获得第二届《文学报·新批评》优秀评论新人奖，到上海来领奖，“何美人”终于从书页上“空降”到了我的面前，使我得以一睹芳颜。但由于会务繁杂，实在没有空隙与她就文学批评做一些深度探讨，仅仅是在餐桌上、电梯里遇到了，点点头或三言两语地说些不咸不淡的问候语，此外就再无更多的交流。更何况，我这人天生怯懦，见到才貌兼具的知识女性，总不由自主地有一种紧张局促感，要排除这种心理障碍，需要长时间的交往。可是，未等我的心理障碍消除，何英女士已经登上了归途的飞机。

因此，回到本文的开头。仅凭一面之交和有限的阅读，我对何英女士能留下多少印象呢？只能用“印象很深”“印象很浅”此类昏话来搪塞。但龚自珍的名句“美人如玉剑如虹”，是可以较为贴切地表达我对何英女士的总体感觉的。“美人”终将老去，“美人迟暮”成为人类永恒的悲伤，但我希望“美人”手中的那柄“剑”能越磨越亮，始终伴随这位天山女侠，闪烁在中国文坛的上空。

2014.6

写在枫叶上的文学之旅

——“中加文学论坛”散记

一、必要元素

本文中笔者将先把该论坛的必要元素简略交代一下，然后就信笔涂鸦，记录一些点点滴滴的印象、观感，或可用一部曾经的先锋小说之名而名之：《无主题变奏》。这“变奏”毫无章法，读者诸君有兴趣就读一读，无兴趣即可弃之。

论坛的必要元素包括：

时间：2014年10月25日

地点：加拿大滑铁卢大学

主办方：滑铁卢大学孔子学院、圣力嘉孔子学院、魁北克孔子学院等。

参加者：中国和加拿大作家、评论家、学者18人。中方出席代表是：扎西达娃、金宇澄、施战军、崔艾真、李云雷、刘红林、陆卓琳、陈歆耕；加方出席代表是：多丽丝·海芙蓉、苏珊·丝婉、哈瑞·瑟思东、艾伦·库波、安·爱瑞兰、丹尼丝·鲍克等。中方代表，中国读者可以轻易地从网上百度到；对于加方的代表，简单的介绍并不能使我们对该作家有深入的了解，因此也可索性略去。

议题：文学与我们的环境。

主持人：滑铁卢大学瑞纳森学院荣誉教授戴罗·布兰特、滑铁卢大学孔子学院院长、教授李彦。

更广义的“论坛”，不仅仅是在滑铁卢大学举行的专场讨论，还包括多伦多国际作家节“中国专场”、两场华裔文学交流会以及在蒙特利尔举行的纪念白求恩交流会。时间从25日到29日。

好了，下面笔者就不再受这些论坛“元素”的牵制，开始信马由缰了。

二、一份出乎意料的邀请

笔者能出席这个论坛，缘于来自加拿大主办方的特别邀请。

6月16日，我的邮箱里收到来自加拿大孔子学院的关于出席这个论坛的邀请函。当时就有些纳闷：我并没有跟该学院任何人有过直接交往，彼此并不熟悉。只是跟该学院院长李彦女士，有过两次普通的邮件往来。有什么特别的原因，请我过去呢？

于是，我在回复邮件时称，能否出席这个论坛，我首先得咨询一下上级主管单位的外事部门，另外表示：我对“文学与我们的环境”素无研究，恐贡献不出什么学术意见，再加上是个“外语盲”，是否适合出席？

对方的回复大意是：我们所指的环境，不仅仅是指自然环境，还包括人文环境。请联系《文学报·新批评》来谈谈你的看法。对方要求先提供1000字左右的发言提纲，然后他们要翻译成英文，制作到中英文对照的手册中去。所有与会者都是如此。他们制作精美的会议手册中，既有会议议题要求，还有每位参加者照片、简介、发言提纲，文字内容都有中英文对照。在这方面，他们比我这个也曾主办过多次活动的人要精细得多。

由此，我知道了，我能忝列于这个论坛的中方代表中，是因了《文学报·新批评》（后简称《新批评》）的关系。我按照要求提供了一份发言提纲《"新批评"与中国当代文学批评生态》。因为发言提纲已翻译成英文印在会议手册中，在现场发言时，为了节省时间，要求不再念稿件，而是现场自由发挥。在中间茶歇时，精通中英文的华裔学者涂淑爱女士，把加方女作家多丽丝·海芙蓉引到我身边，说多丽丝非常喜欢《文学报·新批评》。我有些惊诧地问多丽丝："您是怎么看到《文学报·新批评》的呢？"因为我知道多丽丝并不懂中文，即使懂，在加拿大能否通过网络读到《文学报》的电子版，我也不清楚。多丽丝曾与获得诺奖的门罗一起到访过中国，可那时候，《新批评》还没有创刊呢。淑爱女士用手指指会议手册，说她是从我的英文发言提纲中了解到的。哦，原来如此。他国遇知音，而且是一位气质不凡的美女作家，不免有几分惊喜。然后有幸与多丽丝女士留下了一张珍贵的合影，拍摄者为涂淑爱女士。

当我把这张照片发到微信朋友圈并作了一个简短的说明后，引来很多文友围观。有一位四川报业的朋友，毕竟是新闻媒体人，擅长质疑事情的真相，问了一个跟我一样的问题："她是怎么知道《新批评》的？"我马上做了解释。由此，我又想到，人是不能轻易信口撒谎的。撒一个谎，可能需要很多个谎来掩盖。而且，自以为聪明的谎言很可能轻易地被人捅破。

三、被拒绝刊登的书评

既然谈到文学批评，那就接着这个话题说。在从多伦多往蒙特利尔的火车上，滑铁卢大学孔子学院院长，也是华裔作家李彦说起一件事，她的长篇小说英文版《雪百合》出版后，有一位加拿大作家写了一篇书评投给了一家大报的书评版编辑。编辑问书评作者："你跟这本书的作家是什么关系？"作者回答："在一个学术会议上认识，是一般朋友。"编辑说："既然你们是朋友，你如何保证你的书评观点的客观公正呢？"结果是编辑拒绝刊登这篇书评。

听了这个故事，在座的中国作家、评论家们跟我一样，都颇有感慨。笔者作为在文学媒体从业多年的编辑，受到的触动更大。我知道，中国当下书评的状况可能与此完全不同。我本人也难以做到彻底割断人情关系，一是由于稿酬太低，中国文坛几乎找不到独立的书评人，也几乎没有什么人，纯粹是因为读了某本书，受到感动，主动地写书评投到媒体去。无独立书评的书评版，是办还是不办？二是一些作家、作者写的书，虽然达不到高端水准，但他们也希望能得到媒体的鼓励。这类作家、作者的书评，登还是不登呢？

我们能够做到的是，目前《新批评》是可以彻底切断作者与被评作者的人情关系的。

四、加拿大作家的“中国想象”

我是一个丢三落四的人，近来老年痴呆症的早期症状初现，经常忘事。一位熟悉的朋友走到面前，居然有时瞬间大脑一片空白，想不起对方的名字来。在加拿大，每到一处，几乎都要丢下一样东西。到达多伦多时，把唯一一本临时网购的介绍加拿大旅游的工具书丢在飞机上了；从多伦多去蒙特利尔时，把电水壶丢在酒店了；还好，没有把最重要的护照给弄丢了。电水壶不重要，蒙特利尔的酒店里恰巧配了电水壶，不影响喝热水。但那本关于加拿大的工具书丢了，心中着实有点儿懊恼。所幸的是，在飞机上为了打发长时间无聊的时光，我已经基本上把这本书翻完了。

但整本书，让我记忆犹新的只有两点：一是加拿大号称枫叶之国，到处都是枫树，随处可见飘落满地的枫叶，红的黄的绿的褐的，缤纷绚丽。这一点只要一踏入加境，就可感受到。其二是，加拿大国土面积之大与人口之少，与中国形成了强烈的反差。通常我们说中国地大物博，拥有 960 多万平方公里的土地；但加拿大的国土面积有 996 万平方公里，人口却只有 3300 多万。因此，在加拿大街市绝少见到如上海南京路、淮海路上人头熙熙的景况。加拿大不仅国土面积大，更重要的是自然生态未受到现代化、市场化进程的侵害。

这一点，24 日晚从多伦多机场走出时，所有人的鼻子和眼睛都感受到了。空气清新，让人呼吸舒畅；那远远近近的灯火，放眼可见，发射出的光亮非常清晰，绝非朦朦胧胧被雾罩似的。我这么说，会不会被人“诟病”为崇洋媚外，外国的灯光也比中国的亮？

我想，我只是指眼前景象，并无更多的寓意。至于沿途所睹山清水秀，就不在这里细述了。生活在如此环境中的加拿大作家，把自然环境作为重要的描述对象，是最自然不过的。且看多丽丝·海芙蓉的几部小说的题目——“屋里的鲨鱼”“城市狼群”，都跟人与自然有关。

让我难忘且感到惊诧的是，有两位与会的加拿大诗人艾伦·库波、哈瑞·瑟思东，他们合作出版的诗集《鹿苑》，就模仿了中国古代山水诗鼻祖王维的《辋川集》。还有一位加拿大作家从未到过中国，她称自己对中国的全部印象，都是从中国的山水画和描写山水的中国古典诗词中得到的。她问：“在参天大树的掩映下，一位穿长袍的老先生拄着拐杖走在山间小道的景象，在中国还能不能找到？”

这问题几乎难住了所有中方的作家。原来，这就是加拿大作家脑海中的“中国想象”。现在是 21 世纪了，那些古典诗词描写的是哪个年代？唯一的办法是请她有机会到中国来做一个实地观察。主持会议的戴罗·布兰特教授，是一位研究中国传统哲学的著名学者，他前些年曾到中国考察了许多寺庙和人文景观，他承认，到了中国才发现，与他原先想象中的中国迥然不同。

五、“穷人的天堂”

据介绍，加拿大被誉为“穷人的天堂”。所谓“天堂”，也就是那些无生存条件和能力的人，政府的各种福利待遇政策，可以保障他们解决基本的温饱问题。有的残疾人，生活不能自理，政府居然出钱给他雇保姆；有的移民过来的穷人，政府资助他上学读书，他听不懂英语，政府还给他请翻译……这几乎不可思议。这些闲谈中听来的信息，未经核实，也许与实际情况有出入。

但加拿大的富人和穷人间的差距很小，大概是一个普遍的存在。滑铁卢大学孔子学院院长、教授李彦家，住着一幢四层小楼，而她家隔壁的蓝领工人住的也是独栋小楼，过着与大学教授同样体面和有尊严的生活。这是因为，蓝领工人的工薪待遇不亚于一位大学教授，其理由是虽然他们的工作知识含量也许不高，但有些工作在室外，日晒雨淋，比教授辛苦得多，应该享受同样高的薪酬。加拿大政府调节贫富差距的一根重要杠杆是税收政策，收入越高，纳税的百分比越大。滑铁卢大学一位教授的年薪大约是 8 万加币，折合人民币有 40 多万元。但其中有 3 万加币要纳税，实际到手的收入是 5 万加币，折合人民币也就 20 多万元了。穷人退休后享受到的各种高福利待遇，都是通过向富人和高收入人群收税来兑现的。

谈这些似乎游离到文学之外去了，现在再回到文学现场。

从加拿大的自然环境谈到加拿大普通百姓的福利待遇，如果有人问我：你是否有兴趣移民到加拿大去养老呢？在回答这个问题前，让我先说一个亲遇的小故事。10 月 26 日晚，在多伦多国际作家节上，有一个中国作家代表团与当地华裔作家和文学爱好者的交流活动。当晚来了很多加籍的华人，有从事写作的，也有非写作者。有一位华人老先生坐到我身边，问我从中国哪里来。听说我是从上海来，他兴奋异常——有“同乡”从远方来，就差两眼泪汪汪了。他说他也是上海人，因为儿子媳妇在多伦多工作，几年前移民过来。但他说，他心里很纠结，不知道是该继续在多伦多生活下去，还是回上海去？因为在这里感到极度寂寞和无聊，找不到一个可以聊天的人。虽然也有一些华人圈，但跟自己能够交流的人也极少。有的忙工作，有的跟自己不熟，有的跟自己以往的生活经历不同，难以说到一起去。他问我，他回到上海后能不能交个朋友？他要了我的姓名和地址。我得承认，我不够真诚，有点敷衍他，没有给他提供联系方式。因为我觉得，即便他回到了上海，大概我也很难成为他的朋友。我发现，他跟我聊完了，又找别的中国作家聊他的苦闷和心理纠结去了。看来，我的态度不重要，他最需要的是不断找人倾诉。

现在可以回到我是否有兴趣移民到加拿大的问题了，答曰：无！

宁可在中国吸雾霾，也不到国外去。这跟爱国不爱国没有关系。决定我态度的主要因素是：我缺少一笔足够养老的费用；语言不通，即使开车在高速上，也弄不清从哪个出口下去；缺少可以在一起喝酒喝茶聊天的“狐朋狗友”；更重要的是缺少跟自己兴趣黏合的人文环境。

当然，每个人的情况各不相同。我的态度只属于我个人。

还可以继续涂鸦下去，因篇幅所限，只好就此打住。

2014.11

摘片茶叶做书签

乙未秋日，漫步在茶都安溪街头，忽闻一缕香气从身边拂过。下意识地四处寻觅，见一衣饰时尚靓女，正翩翩如仙子般远去，留下窈窕背影令人心驰遐想。此地多侨胞，不知靓女喷的是哪国哪款名牌香水？

正走神，又一阵香气迎面扑鼻吹来。定睛一瞅，大感意外，香气来自一鬓须皆白的老汉。就纳闷，这里难道不分老幼男女，皆爱喷香水？我是置身在时尚之都巴黎，还是米兰？皆不是，这里明明是正值秋茶上市的铁观音之乡——安溪。

听当地友人介绍才知，我闻到的香气是茶香，是铁观音特有之香，泡一壶铁观音感受一下便知。瞧，叶片在沸水中尚未舒展，一缕香气已袅袅飘散，沁入心肺，令人顿觉神清气爽。饮过多种茶，论香气浓极而淡、丝丝绵长者，当数此茶。难怪安溪街头，无处不香。改称“香都”吧！那些炮制“香奈儿”的专家，为何不到这里来闻一闻？没准儿从铁观音中能提炼出超越“香奈儿”的新款。那些痴迷“邂逅”（另一著名香水品牌）的时尚男女，为何不到安溪来感受一下？这里处处有“邂逅”呢！

茶都人习惯像递烟似的“递茶”。三五亲朋围坐茶桌，皆争相

——侯海霞　绘

从口袋里掏出一“泡”，“来，来，喝我的！”谁的动作快，谁的茶质好，往往就喝谁的。或今日喝张三的，明天喝李四的，茶皆好茶，那就轮流做东吧。于是才知，有一种香气，是长期饮茶，从血液、骨骼里透散出来的。当然也还有在采制茶叶过程中熏染上去的。这样一种由内向外发散的，吮吸了山脉、溪水、阳光、晨露的香气，与那些化学合成而喷到衣饰上的香水比，岂可同类而语？

到了铁观音的产地源头西坪镇，目睹茶农对那些新采摘的茶叶如何进行发酵、筛颠、揉搓、烤炙，闻着那几乎让人醉倒的香气，忍不住从簸箕中取出数片。我要带回书房，用它做书签。回沪后，那一片状似“杏仁眼”的叶片，夹在我的枕边书页内，似精灵般不时向我眨巴着眼睛。颜色渐渐从鲜绿，转为青褐、浅褐，至深咖，叶上的筋脉一条条更为清晰。虽然色泽在变化，但香气仍绵绵不绝地在释放。

茶香与书香融合，香气的化学成分会发生变化吗？

唐末王敷有文题为《茶酒论》，以拟人化的方式论茶酒短长。

有人读之觉得有趣，我则认为毫无趣味可言。理由是此文借茶、酒之口，自夸己之长而揭对方之短，皆非君子之风。说酒有此品性，我信。醉后口不择言，或有可能。而茶性柔和，利众生而不争，怎会有如此自恋且攻击他物之举？且读其文：

> 茶乃出来言曰："诸人莫闹，听说些些。百草之首，万木之花。贵之取蕊，重之摘芽。呼之茗草，号之作茶。贡五侯宅，奉帝王家。时新献入，一世荣华。自然尊贵，何用论夸！"

高洁之茶，居然被写得如此俗气。进帝王家，与进百姓家，对于茶自身来说有什么区别？有必要借贵族帝王来抬高身价么？

> 酒乃出来："可笑词说！自古至今，茶贱酒贵。箪醪投河，三军告醉。君王饮之，叫呼万岁，群臣饮之，赐卿无畏。和死定生，神明歆气。酒食向人，终无恶意。有酒有令，仁义礼智。自合称尊，何劳比类！"

豪侠之酒，居然被写得如此猥琐。作者既是唐末文人，总该知道"李白斗酒诗百篇，长安市上酒家眠。天子呼来不上船，自称臣是酒中仙"的豪气吧！

自夸且罢，下面相互"攻击"，显然是有些心术不正，神志失态了——

酒揭茶短："……茶吃只是腰疼，多吃令人患肚。一日打却十杯，肠胀又同衙鼓……"

茶揭酒短："……阿你酒能昏乱，吃了多饶啾唧。街中罗织平人，脊上少须十七。”“见道有酒黄酒病，不见道有茶疯茶癫。”

这个冬烘文人王敷，把茶酒均写得如此不堪。读毕此文，我倒很想写篇《茶书论》，将此两物联姻，真正可算才子佳人式绝配啊！它们之间的关系，或可呈现出另一番风景——

茶赞书：“君乃儒雅书生，满腹经纶。与君相伴，必然诗文相长，还会满室墨香，蓬荜生光！”

书赞茶：“卿乃贤淑佳人，性温情柔。品之去浮祛躁，五脏和畅。夜来红袖添香，激我神思飞扬！”

茶赞书：“本女来自草根，长在山野丛林，餐风饮露，与日月相伴，见识短浅，孤陋寡闻，君乃饱学之士，还望多些指点。”

书赞茶：“佳人何故如此自谦？卿乃神赐之物，聚天地朝露夕晖之精华，给世人送去奇妙之生命能量。无论王侯之家还是百姓之宅，卿都同等待之，非吾辈俗物可比。”

……

品茶读书，茶书人生，美哉有过于此乎？

有科学研究者称，安静阅读六分钟，即可使人的压力水平减少超过三分之二。如果静心品茗六分钟，人的压力水平可减少几何？又有人说：茶无文化，只是一片叶子。我相信，若茶香与书香长久相伴相融，这个世界的上空，必定会减少很多火药气味，缭绕更多和平与文明的香风。

2015.11

陈忠实的宽厚

4月29日清晨，刚刚在微信朋友圈转发了陈忠实先生仙逝的消息，就接到陕西师范大学文学院朱鸿教授的来电，他说，他正驱车去医院见忠实最后一面，说着说着，我就止不住语塞泪流。忠实先生让我感佩，不仅仅因为他的如丰碑矗立在当代文坛的扛鼎之作《白鹿原》，更因为他那慈厚善良、胸襟宏阔的人格和品格。

还是在20多年前，读了陈忠实先生的《白鹿原》。当时手不释卷、备感震撼的阅读感觉始终萦绕在脑际。在我心中，新时期文学有《白鹿原》与无《白鹿原》的高度是不一样的。毋庸置疑，《白鹿原》是新时期最好的小说。如果把话说得有点弹性，要排出新时期五部最优秀的长篇小说，《白鹿原》是无可争议的其中之一。美国汉学家葛浩文先生，近两次到上海来，在交流对中国当代文学的看法时，我都非常郑重地向他推荐这部小说。我说："您是国际知名的汉学家，一直在关注中国当代文学，如果连《白鹿原》都未翻译，是会感到遗憾的。"因为种种原因，其中一个直接的原因是葛浩文先生本人也年逾古稀，精力不济，大概这部小说仍未能列入他的翻译计划。

关于忠实先生的这部代表作，已经有汗牛充栋的评论文章，无须我再在这里做毫无新意的评论。我想说的是自己与忠实先生直接接触过程中的几个细节，正是这几个细节让我看到了忠实先生的为人待人之道。几年之前，忠实先生在上海书展期间，应出版社之邀，来为他的新书《寻找属于自己的句子》作演讲和签售活动。我听闻此事后，就到他下榻的宾馆拜访，同时邀请他到《文学报》的作家创作基地苏州震泽镇去一次。不用写什么，只是去转一转，因为震泽镇与《文学报》有合作关系，请他这位名家去该镇，是想为该镇增色。遗憾的是，正值酷暑天气，先生身体有些不适，再加上书展活动时间安排又很紧张，他无法应邀成行。但他同时表示，为了感谢《文学报》和震泽镇的邀请，他回去后要为震泽镇题写两幅字寄来。时隔不长，忠实先生就把特意为震泽镇题写的两幅四尺整张的笔墨寄到了报社，然后由报社转给了震泽镇。我想，此类事，说“感动”都显得有些苍白吧！

第二件小事，是我在餐桌上观察到的。也是几年前，去陕西作家协会参加作家冷梦的长篇小说《西榴城》的研讨会，会后忠实先生个人邀请几位外地来的作家、评论家去品尝羊肉泡馍。我也是荣幸被邀请者之一。那家店名我已经忘记了，是西安一家做羊肉泡馍最正宗的名店之一。席间，饭店的老板，听说陈忠实先生光临，就几次三番地到包房来。该老板滔滔不绝，先是用尽夸赞词语说忠实先生名气如何大，让该店蓬荜生辉等，座上人开始没有觉得这有什么不正常，老板来表示一下仰慕之情也属人之常情，只是说得太多占用时间太长。这也罢了。过了几分钟，老板又来了，这回又是口若悬河，介绍这家店历史如何悠久，羊肉泡馍做得如何好，来过多少高官名人，一说又是很长时间。陈忠实先生听着，并不打断他的话，只是偶尔点点头。其他人心里就有些烦：这还有完没完？还让不让别人吃饭？座上有位评论家朋友说，要不是忠实先生在场，他

——侯海霞　绘

要拉下脸来把老板赶走。没有想到，过了一刻钟，老板让员工把一张大桌子搬进餐厅，然后把宣纸笔墨拿来，显然是要忠实先生为该店题字。原来老板前面说了那么多废话，做了那么多铺垫，最终目的就是为了这个。忠实先生没有生气或婉拒，而是神色平静地走到写字台前，挥毫写了一幅长条。当然也没有提出所谓润格费之类。饭后结账，老板饭钱一分不少，照收不误。有人看不过，愤愤地骂老板是只知索取而不懂礼仪的市侩小人。可忠实先生却完全以平常心待之。从这里，我看到了忠实先生看透世情后的宽厚和大度。

我与忠实先生接触不多，但凡有接触，总有一些显示他人格品格的细节镌刻在脑屏幕上，不会随着时间的磨洗而消失。在新时期的作家中，有才气有名气的不少，但人品文品俱佳、让人由衷敬仰者不多。乍看，忠实先生的面容如陕北老农，但如细看，那如版画般刀刻斧削、如山谷河流般沟壑纵横的褶皱中，深藏着的正是深厚的中国传统文化的积淀和涵养。你看他手指夹雪茄的姿势，是颇有大家风范的。

忠实先生在不到五十岁时，下决心要写一部死后可以用来垫枕头的大书。现在他头枕《白鹿原》魂归“原下”，应该笑慰于九泉了吧？让我们重读《白鹿原》为他送行。

2016.4.29 急就

天地之间有此人

吾友丁建伟，在茫茫人海中是一个辨识度很高的人。我指的“辨识度”，不是数百人集聚某处，一眼就能从人群中把他认出来。他的外在形貌并没有什么特别之处，一普通男性，既非类似姚明、刘翔般高大帅，也非如“冯导”那般“困难”，高高瘦瘦，尖尖下巴，典型的南方水土养大的人，即便身着戎装、手持钢枪，也不会有天安门仪仗队官兵那样的威武感。

那么，丁建伟“辨识度”高的鲜明特征是什么呢？是他的特立独行的品行和个性。朋友间交流对各种问题的意见，他总会发表自己的独家看法。你如对之提出异议，他就会跟你针尖对麦芒地辩论，只要你有足够的精力和时间，他可以无休止地跟你辩论下去，直到你以沉默的方式休战。当然，他只是持续不断地发表自己的看法，也并不强求让你接受他的观点，或要求你按照他的意见去做。这样的激烈争论，经常发生在他与友人间，但争论并不影响朋友间的友情，他只要认为你够朋友，就会永远地朋友下去。古人所言“君子和而不同”，正可以说明建伟的待人处事方式。

以此一端，可以见出建伟的真性情。他是一个凡事都非常顶真、较真的人。这使我想起曾读过的一段历史掌故：与王安石同时代的人，曾在背地里称王安石为“拗相公”。这个“拗”含有执着、固执、迂腐、不知通融之意。当年王安石推行熙宁变法，遭到很多人的强烈反对。反对者大多因变革触犯自身利益而强烈阻挠；但也有从实际出发提出善意改进意见的，如苏东坡等。但安石先生，对任何反对意见，不问对错，一概置之不理，背靠圣上的信任支持，强行推进他的变革措施。他的“拗”，有产生良好社会效果的，也有带来负效应给反对派增加攻击把柄的。建伟的“拗”，常常表现在对看不惯的人和事，非要揪住不放，绝不轻易妥协。因而，每次与建伟见面，总要听他滔滔不绝地批评那些在他看来很“龌龊”的人和事。但你如要认他做朋友，也就得习惯他的这种“拗”。像他这么一种眼中难容沙子的秉性，一定要把所有事情弄个是非明白的“拗”劲儿，如想在官场春风得意几乎是不可能的，“水至清则无鱼，人至察则无徒”。因此他在军队正团职岗位上，便选择了脱掉戎装、自主择业，活出了另一片精彩。在此点上，鄙人与建伟有某些相通之处，只是表现方式不同，但殊途而同归。我一直在反省自己仕途不畅的根由所在：一是书生气太重，不擅官场经营；二是太直、太“拗”，得罪人甚多。总之，不谙官场“潜规则”，不研官场“厚黑学”，非官场中长袖善舞之人。好在时代变了，人有了多元选择，我们不必一条道走到黑，可以在各自感兴趣的领域探寻新的人生路径和感受生命的快乐。

我与建伟结识于军旅，曾有相当长的时间皆从事军事新闻的写作，除了工作上有联系，个人生活也多有密切往来。当我早一步离开军旅后，当年的同行与我继续保持联系，乃至保持友情者，几乎寥寥无几，建伟却是其中之一。这样一种友情完全是超越功利之上的，因为既无工作联系，又无其他所求，事业兴趣点又各有所异。能够使我们心灵相通的，除了诚挚而深厚的战友之情，就是彼此的相知相敬。如果排除生理上的所谓“同志”一说，那么我们可算是心灵上的“同志”。

我是非常喜欢建伟这样一种执着而特立独行的品格的。鲁迅先生当年就曾疾呼，如欲改造社会，“其首在立人，人立而后凡事举；若其道术，乃必尊个性而张精神”。如果一个社会大多数人，都能做到个性张扬、特立独行，那么这个社会才有可能生机勃勃，充满活力和希望。

建伟是多才多艺之人，不仅创业有成，且在多个专业领域如鱼得水。他潜心创作的四本书是他多年不懈努力的心血结晶。他的“拗”劲儿在他的专业追求上也有充分呈现。尤为让我感到惊异的是，原以摄影见长的建伟，居然如喷泉般，连续多年写出那么多充满正义感和血性的博文。这些博文皆有感而发，有理有据，有自己独特的观察和生命体验。其勤勉和自在的写作状态是我深为感佩的。如果把他的书进行排序，按照个人偏好，首推他的网络评论文集，然后是他的诗歌散文摄影集，再次是新闻作品集。这四部书都已有多位高人为之作序点评，无需笔者再在这里赘言饶舌。喜欢的读者，不妨各取所需，从容品赏。书中有军人的血性、知性的正义、智慧的沉思、生命的体温、亮丽独特的人生风景。

2015.7

在“大芬”寻找“达·芬奇”

在中国艺术界，谁人不知深圳有个叫“大芬”的油画村呢？虽然，我刚刚在深圳探访过大芬，但当我与上海大学美术学院教授苏金成博士说起大芬时，他比我还要熟悉大芬，因为他若干年前就考察过大芬了，况且有一位在大芬落户的名“太阳山”的艺术家，还是他的画友呢。

在“大芬”如何才能找到“达·芬奇”？是让今人穿越到五百年前去？还是让“达·芬奇”在“大芬”复活？这些都是只有在小说家笔下才可能发生的事，我的寻找注定是一个虚无的空想。但我想，在“大芬”与“达·芬奇”之间，还是可以找到一些关联的。比如，两个名词中都有一个“芬”字。也许有人会跟我抬杠：别搞笑了，你是在“大芬”寻找“达·芬奇”的密码吧？还有一个关联，不算太牵强，即“油画”二字。大芬是集聚了数千位油画家的艺术村落，而达·芬奇是他们追慕的油画鼻祖和偶像。

在离大芬油画村祖宗祠堂不远处，就有一座达·芬奇的塑像。这么说来，似乎在“大芬”寻找“达·芬奇”并非一件十分困难的事。非也，我这里用这两个与油画艺术有关的标志性的符号，意在思考长期困扰大芬人的某些问题。我想找的并非塑像，而是探寻在“大芬”产生未来“达·芬奇”的可能性。

这也许又会被某些业界人士看作一个可笑的命题。在他们看来，未来的“达·芬奇”大概还在“大芬”娘胎里，或更悲观一点表述：在未来的未来的“大芬”的娘胎里。干脆直白一点说吧，未来的不朽的大师级别的油画家，不可能在大芬这样的低端油画、艺术品的市场里诞生。君不见，某些从大芬油画村走出去的有相当艺术成就的画家，常常讳言自己曾经在大芬创作过、生活过，以免使自己精英艺术家的形象受到损伤？似乎大芬不是催生艺术家成长的沃土，而是只有市场而无艺术的沙漠。

但大芬似乎不在乎别人怎么看。是穿着土布印花衣衫的乡村大娘，还是长发披肩嘴衔雪茄的名士，都无关紧要。他们把中国画家的油画，经久不衰地挂到欧洲的客厅、墙壁上，仅从这一点说，大芬就是中国文化艺术界的“牛人”，也创造了中国文化产业的奇迹。当我们有些部门成天嚷嚷要让中国文化“走出去”时，当有些部门为了推动中国文化“走出去”，不惜砸巨资时，大芬却让欧洲的画商漂洋过海，到大芬来定制他们需要的油画作品。即人们常说的“有意栽花花不发，无心插柳柳成荫”。大芬阿姨就是无心插柳的人。据悉，这里的油画产业每年要创造40多亿元的产值，这是一个谁听了都要为之惊诧的数字。百度先生告诉我，达·芬奇的代表作品《蒙娜丽莎》最新的拍卖价是1.4亿美元，相当于人民币9亿多元。仅仅从创造的艺术市值看，“大芬”也自有“达·芬奇”无法可比的地方。

大芬是20世纪80年代，伴随着中国的改革开放而崛起的。最奇特的是，它不是政府部门人为地打造出来的，它是在市场经济的大潮中野蛮生长出来的。这里原本是只有几间农家小屋，一到夜晚就只有萤火虫飞舞和此起彼伏蛙鸣的乡村，跟油画这类高雅的西洋艺术一点儿也不沾边儿。也无任何美术教育方面的资源。某一日，香港油画商人黄江拿到一些欧洲客户的油画订单，到深圳寻找画工完成这些订单需要的作品。这些作品只需要根据样品临摹就行了，他在报上刊登广告，招聘具备油画专业技能的画工。于是就有人应聘。黄江就把画工们安顿在大芬的农家小屋里画画。因为这里离香港近，与海外交通便捷，农家屋的租金又便宜。始料不及的是，他这样一个来单定制的市场行为，却成就了大芬一个庞大的油画产业链。这个油画产业的巨人，是由无形的市场之手牵引，然后逐步壮大、成长起来的。与其他某些地方流浪艺术家聚居的“村落”不同，这里始终有市场的内在驱动和支撑。这些画工、画师、画家的画不愁销路。他们的任务是，静下心来，认真地把画画好。是的，他们的大量作品只要根据订单临摹、复制就行了。这看起来，似乎缺少真正的艺术追求和艺术创造，“大芬”为很多人诟病、不断引发争议也正基于此。从产业价值看，他们获得了巨大的成功，但从提升艺术的原创力看，很多人则不屑于将他们看作一个成功的范例。

且慢下如此断语。

最初的临摹、复制，为画家们解决了基本的生存问题。同时，他们在临摹、复制过程中打磨出了娴熟的艺术技能。不仅如此，他们临摹的都是国外数百年中油画大师的经典作品，大师们的创新思维、精神魂魄、艺术感觉、奇思妙构，都为提升他们的艺术眼光、创新智慧、色彩运化能力，提供了有益的借鉴。《蒙娜丽莎》优雅而逼视的目光，让他们的心灵为之震颤;《西斯廷圣母》画面蕴藏的形而上哲思，让他们感受到大师非语言思想表述的魅力;《最后的晚餐》中奇妙的光线透视，让他们发现了色彩幻化的无限可能……可以说，他们钱挣到了，画功也日渐精进。还有一点大概我们没有想到：因为生活无忧，他们可以安静地坐在画室里，将画好画作为生命中的唯一寄托。他们没有那种焦虑和浮躁之气，日复一日、年复一年地面对颜料、画笔、画板……或外出写生，面对大自然的山水景观……这会产生什么样的效果？常言道：就是一根木棒，长期挂在城门口，也会开口讲话的。又有一句俗话说：熟读唐诗三百首，不会作诗也会吟。他们如此辛勤地劳动着，在大师经典作品的熏染下，其中有才华、悟性好的画家，必然会走向高原，登上山巅。有一个简单的数据，是大芬美术家协会主席李铁香告诉我的，大芬原来无一个中国美术家协会会员，现在已经有 24 位中国美协的会员了，还有更多的省市一级的美协会员。他们的许多作品已经频频参加全国性的美展，并获得大奖。现在的大芬，已经远远不是过去那个破落的乡村了。这里有全国一流的美术馆，有数万名与书画创作、装裱、工艺、销售有关的从业人员。有些自视甚高的精英艺术家，也开始乐意入驻大芬，与那些初入行的画工、画师为伍了，因为他们表现出来的创造力，屡屡让外界刮目相看。

他们中会产生未来的达·芬奇、莫奈、毕加索吗？

不要轻易做什么预言，还是让未来的事实告诉我们！

无意中走进一位年轻画家的画室，他的名字叫杨福徐，广西钦州人，1998 年毕业于广西艺术学院。虽然才 36 岁，但 18 岁即落户大芬，在这里已经与画笔相伴 18 年了。下巴上的一撮胡须，并不让我觉得他多老成。他每天的工作就是画画，肺部不停地循环着油画颜料的气味。太太则专职带孩子。陈列在他画室里的几幅新创作的作品，给我带来了极富冲击力的视觉享受。在下不懂油画，在面对一幅作品时，只知道喜欢或不喜欢，感动或无动于衷。我当场付费订制了一幅画，画样是我提供的，是一幅在四川金川拍摄的雪梨花的图片。我特别喜欢雪梨花，她顶雪绽开，既有梨花的柔婉，又有梅花的风骨。他说一个月内，会把画好的成品快递过来。

我这样说，似乎把大芬描画成了类似高等美术学院的培育机构，一定要培养出什么高端人才才算成功。不是，大芬的定位仍然是一个面向大众客厅和公共空间的油画艺术产业和市场部落。他们的目标或说成功的标志，仍然是让艺术品走进千家万户，在艺术创造和艺术消费之间形成良性的互动。

达·芬奇的目光在注视着大芬的画家们。我相信这位天才的艺术家，是乐意看到一个庞大的人群，在为他痴迷的艺术而付出辛勤的汗水的。他在冥冥中，也会助力这些年轻的艺术家，有朝一日成为艺术史上里程碑式的人物。因为他的塑像矗立在大芬，他的身影日日飞翔在大芬的上空，挥舞着画笔，将色彩缤纷的灵感泼洒在大芬这张巨大的画布上……

2016. 7

被历史烟尘遮蔽的魏建功

在海安乡贤中，最为吾辈景仰的无疑是魏先生，魏建功。他的名字，不仅海安人不该忘记，每一个习汉字的中国人，都不该忘记。魏先生在中国现当代学术史上，无疑占有无人替代的地位。他是中国现当代顶级的语言文字学家、音韵学家。或许你对魏先生的名字感到陌生，但你对《新华字典》不会陌生吧？自这部开本很小、厚如砖头、便于携带的工具书问世以来，大概很少有学子的书包里会缺了它，在漫漫求学之路上几乎无人未曾受惠于它。有人提供的数据说，《新华字典》自问世以来，发行了三亿多册。这应该是一个保守的说法。魏先生就是这部工具书的总编辑。

使用这部工具书的人，大多不知该书的总编辑是谁。这不奇怪，因为书上未署主编的名字。魏先生大概也不会在意在上面署名，只要它能具有最高的专业水准，成为大众案头必不可少的工具书就可以了。放在今天，大概没有人会放弃这样的署名机会的。君不见，大学教授在学生论文上署自己的大名已成常态了吗？

还是20世纪70年代，在海安西场中学读书时，听老师简单谈起过魏先生，说北京大学的大学者魏建功是我们西场人。数十年过去了，我对他的了解仅止于此。最近，也是因为要完成有关海安的一篇征文的约稿，我才开始涉猎魏先生的资料。我想，谈海安的地域文化，魏先生无疑是最值得，也是必须大写特写的。在读先生的学术大著和有关生平记载资料时，我曾突发奇想，我想，海安出了这位天才、大师级别的学者，无疑是世世代代海安人都该引为自豪的事，海安的有关部门或热心文化事业的人士，应该将《新华字典》做成巨型雕塑，矗立在城市的中心。在公园里也应该有魏先生的塑像。至于在图书馆或博物馆设魏先生各种版本著作的专柜，陈列有关他求学、生活的遗物，也是不难做到的。

魏先生于 1980 年 2 月 18 日辞世后，遗下了藏书 2 万余册，以及一些名人的信件、手札等珍贵藏品。请读者诸君注意，且不说那些珍稀古籍版本的藏书价值几何，仅仅是名人信札的珍贵程度，说出来是要让人感到“震撼”的——这些名人中有鲁迅、陈独秀、胡适、钱玄同、周作人等。仅仅是陈独秀写给魏先生讨论音韵、训诂方面的信件就有 20 封。那么这些藏书和信札目前流向何方呢？不太清楚。仅就可靠的记载，有一万多册藏书，因魏先生去世后，其子女搬迁的新居居住条件拥挤、潮湿，很难使这些书得以妥善保存，就以 5 万元低廉的转让费，转给了武汉华中理工大学人文学院。该学院如获至宝，专设了“魏建功藏书室”，供师生查阅。当然，这也是一个不错的归属。但我这个海安人，看到这个信息时，真有点儿心疼、惋惜呢！海安人能否在收藏魏先生的身后珍贵遗物方面有所作为呢？这是惠及千秋万代的好事啊。海安的一代代学子，应该牢牢记住魏先生厥功至伟的学术贡献才是。

虽然此文篇幅有限，不宜写得过长，但我觉得还是需要稍稍花一点儿笔墨，来对魏先生的学术贡献作一点介绍。因为本人非语言学、音韵学方面的专家，不妥之处请方家赐正。

魏先生于 1901 年 11 月 7 日出生于海安县（当时属如皋县）西

——侯海霞　绘

场镇。5 岁开始就读于西场玉成公小学（即后来的西场实验小学）。从魏先生的年龄看，在而立之年时，中国正处于一个大变革大转型的时代——东西方文化相互撞击，“拿来主义”与“整理国故”并行不悖，西装革履与长袍大褂擦肩而过，百乐门的歌舞声与麻将桌的“哗啦”声同时回荡在城市的夜空……那个时代，用许嘉璐先生的话说，各个学术领域大师级的人物成群涌现。这样一种现象非中国独有，世界人类学家克罗伯也曾提出类似的问题：为什么天才成群地来？就中国来说，类似的现象，大概也只有春秋战国时期曾闪现过。

与魏先生有过密切或较多交往的人有：陈独秀、鲁迅、胡适、周作人、钱玄同、刘半农、顾颉刚、台静农、朱自清、叶圣陶等。

这些人中，有的比他年长几乎一辈，如陈独秀与鲁迅，比他大20岁以上，有的年长几岁、十几岁，也有的小他几岁。也许正因为那是一个思想、文化、学术诸领域皆群星璀璨的时代，很多人的目光仅仅聚焦于极少数处于宝塔尖上的人物，像魏先生这样的学术翘楚便被遮蔽了。当然，魏先生被遮蔽还有一个重要原因，是他晚年在那个动乱的年代，被卷入了“宠辱”皆有的漩涡。说“宠”，他曾被江青请去在列车上为她讲解《离骚》，虽然魏先生自称非研究古典文学的专家，只是研究文字学，但江青需要的恰恰不是为她灌输欣赏《离骚》文学价值的知识，而是需要语言学家为她从文字学上来做精准的解读。这是严格的文本细读。谁将《离骚》的字词一个个读通了，其思想艺术的内涵也就了然在胸了。从这个角度说，江青并不傻。“反动学术权威”恰如“臭豆腐”，闻起来“臭”，入口却是很香的。魏先生受命干这类“勾当”，有什么错吗？还有后来为人所诟病的：他也曾被组织安排去担任“梁效”写作组的顾问。他的主要职能是为“梁效”文章做文字学方面的“咨询”，防止出现常识性差错。说“辱”，是“十年动乱”开始时，魏先生被打成“反动学术权威”，受尽批斗，不停地被勒令写“认罪”交代材料。鲁迅曾写过一篇批评他的杂文，陈独秀晚年曾向他讨教文字、音韵的学术问题，胡适与他也曾有过亦师亦友的密切关系，这些都成了他被批斗追责的问题。到了“十年动乱”结束，他又成了被严格审查的对象，那个“梁效”写作组的顾问头衔，让他难脱左右不是人的干系。最终中央有关部门的结论是：“当时是组织调去做咨询性工作，未参加‘四人帮’的阴谋活动，不算问题，不需结论，不入档案。”在那个非常年代，魏先生先是被批斗，后又被审查，里外不是人，经历了从“罪人”到“罪人”的身心折磨，在“不算问题”的轻松结论后，是一位国宝级学人付出的精神抑郁、病患缠身的代价。他在“文革”终结不久后，即走向了生命的终点。在很多人看来，他是有“污点”的人。这个“污点”，在中国特殊的语境中，常常被超常地放大，以致如一团雾霾遮蔽掉了一座学术的山峰。这也是魏先生的学术声名和地位在很长时间未得到充分肯定的原因吧？

我对魏先生的生平和学术贡献，未作深入学习和研究，粗粗浏览一些材料，觉得起码有三点贡献，是在中国现当代学术史上要留下浓重记载的。

其一，魏先生在中国语言文字学和音韵学方面的诸多开创性的研究成果，体现在由江苏教育出版社 2001 年出版的皇皇五卷《魏建功文集》中，曾经并继续润泽一代代学人。1935 年正式出版的根据他在北大讲稿整理的《古音系研究》，“综论古今通塞，尚论群贤得失”，被认为是超越前人的“宏通之作”。该书出版时，为之写序言的有罗常培、周作人、沈兼士、钱玄同。沈兼士称：“建功此作，于古音之历史与对象，纵横搜讨，论列详明，能将前人贵古贱今重文轻语之积习一扫而空，诚快著也。”有后学认为其著“囊括古今，包举宇内，气魄宏大，令人震服”。

其二，魏先生对台湾汉语的恢复、重建和推广厥功至伟，是怎么评价也不为过的。在抗日战争胜利前，台湾被日本殖民统治了 50 年。日本人采取摧毁台湾人母语的严酷统治手段，使得台湾民众基本上只会讲日语，不会或讲不好国语。魏先生在抗日战争胜利后，受命赴台，带领一个专家团队进行国语的恢复、重建和推广工作。1946 年 4 月 2 日，台湾省长官行政公署成立台湾省国语委员会，魏先生被聘任主任委员，何容为副主任委员，有 21 位专家为委员。至此，我们该明白了吧，在从事的这项工作中，魏先生是领军专家。其中魏先生做了一系列的工作，包括创办台湾第一份汉语报纸《国语日报》，他是第一任社长。直至 1948 年 12 月，应胡适要求，魏先生回到母校北京大学，任中文系教授。不知今天熟练使用国语的台湾人，是否还记得这位对恢复台湾母语立下开山之功的魏先生？不知道，今天的每一位中国人是否意识到魏先生和他的专家团队，从事这项工作对海峡两岸文化认同的意义，对中华民族统一大业的意义？如果忽略了魏先生付出的心血，我们是否觉得愧对这位汉语言学大师的在天之灵？

其三，就要说到新中国成立后出版的那部开创性的辞书——《新华字典》的编撰和出版了。新中国成立后，魏先生任北大中文系第一任主任。其时，叶圣陶先生任国家出版总署副署长，经与北大校方协商，请魏先生兼任出版总署新华辞书社社长，主编《新华字典》。为避免北大中文系主任之职的行政事务影响编撰辞书的精力，魏先生辞去了中文系主任职务，只是在北大中文系任教授。从 1950 年 7 月启动这项工程，至 1953 年 12 月由人民教育出版社出版，历时三年多，数易其稿。叶圣陶从领导层面主抓，而魏先生则负责具体的编务。据悉，这部字典是全世界读者最多、最畅销的字典。加上修订版，至今已出版了 11 版。有多少国人乃至海外人士受益于这部字典，几乎是无法统计的天文数字。国人在使用这部工具书时，怎可忘却初版总编辑魏先生在这部书中凝结的心血和学术成果？

写到这里，回到文前提起的建议：魏先生的出生地海安，应该为魏先生塑像。我想，魏先生的塑像不应该仅仅矗立在他的故乡，还有他曾求学和工作过的北大校园，以及他为恢复、重建、推广国语做出过重大贡献的台湾。

当然，我更希望拂去历史的烟尘，让这位语言学巨匠的塑像，矗立在每个国人的心中！

2016. 8

关于“锅庄”的无主题变奏

一

这真是一片神奇而又神秘的土地——

走进这片土地，居然一次次萌发想创作长篇小说的冲动。但理智又告诉我，这是不现实的！我非如作家阿来那样生于斯长于斯，缺少在藏区生活的丰富的体验和经验。但这片土地上，无数迷人的故事，如同那奔腾不息的金川江水，不断地冲刷着我的大脑屏幕，飞溅起如雾如梦般灵感的水花。

生活经验和体验，对传统意义上的小说创作无疑起着至关重要的作用。

从四川阿坝州的金川归来后，我一直在读阿来的两部主要作品，一为非虚构的历史纪实《瞻对》，一为他的茅盾文学奖获奖小说《尘埃落定》。看《瞻对》，我的目的是避免我这篇关于金川的文字，在涉及史料时与他的作品重叠。因为他所写的“瞻对”（今日名为“新龙”县），距金川仅有五六百公里；看《尘埃落定》，则想从中找到一点川藏地区生活的质感。我发现，如想寻找小说的感觉，对于我这样浮光掠影的过客，是非常困难的，也并非靠阅读大量的史料能够弥补。《尘埃落定》，在刚问世时我即读过，留下记忆的是当时阅读的神秘感，对其中的故事人物情节已经淡忘了。近日又打开，用写作者的眼光重读。阅读告诉我，生活经验常常无法用想象来替代。第一节：“母亲正在铜盆中洗手，她把一双白净修长的手浸泡在温暖的牛奶里，吁吁地喘着气，好像使双手漂亮是件十分累人的事情。”听说过贵妇用牛奶洗浴，但在川藏地区的一位老年女性用牛奶浸手保养皮肤，却让我难以想象。因刚去过金川，我判断，这大概只有土司家的女人才有可能如此奢华吧？果然，“母亲”就是土司太太。

再读第二页：“母亲打开一只锡罐，一只小手指伸进去，挖一点油脂，擦在手背上……屋子里立刻弥漫开一股辛辣的味道。这种护肤用品是用旱獭油和猪胰子加上寺院献上的神秘的印度香料混合而成。”我闻到了一股辛辣的气味，但我绝对想象不出土司太太使用的“护肤品”，会散发出这种怪异的味道，以及这种怪味的成分。很多构成生活质感的“经验”，往往是想象力无法“填充”的。今天的科技发达到，让很多人觉得有了“百度”，可以找到无所不包的知识，似乎当一个学问家很容易。但构成生活质感的情感体验和经验，“百度”先生如何提供？

因此，虽然有写小说的冲动，但是否真的动笔写小说，我尚未建立起足够的信心。那就先写一篇涂鸦式的短文，也就是这篇非虚构的《关于“锅庄”的无主题变奏》。

二

这片土地如何神奇而又神秘？我们先从地理层面看看。

在李菲博士的论著《嘉绒跳锅庄》中，对这片土地有一段描述，站在嘉绒墨尔多神山巅峰俯瞰："由五条河流和五条山脉形成了一朵'莲花'图案。""五条河流从东沿逆时针方向依次为大渡河上游两大支流小金川、大金川，以及革什扎河、东谷河、大渡河；五条山脉从东沿逆时针方向依次为墨尔多山、白菩萨山高顶梁子、党岭斯达纳山、卜角顶、莫日山。"虽然她所描述的这朵"莲花"呈现在甘孜州丹巴县境内，而其水系和山脉都与阿坝州的金川县紧紧相连，墨尔多神山矗立两县之间，金川就在这朵莲花花瓣的边沿上。更重要的是，它们拥有共同的文化形态之一：嘉绒锅庄。

这里碰到两个概念，"嘉绒"与"锅庄"。

先说"嘉绒"：根据李菲博士论著中提供的研究成果，关于这一概念，在民间和学界有七种不同的解读，都有各自的依据。笔者不想在这里一一罗列。我喜欢其中的一种富有诗意的说法：因其地群山环抱江河汇流，风景别致，宗教界将境内墨尔多山奉为群山之主，其山全称为"嘉莫·墨尔多"，将其山名变译称为"嘉莫绒"或"嘉尔木戎巴"，"嘉绒"便是这些称谓的缩写或简称。好，我们可以把"嘉绒"看作一个与墨尔多神山相连的地域概念。

再说"锅庄"。从字面看，是灶台、锅台？是，又不是。是锅台，也不是我们内地汉民族使用的锅台，因为建在家中的锅台，是无法燃烧篝火，然后众人围着篝火翩翩起舞的。这里是指早期藏区牧民使用的锅台，在野外，用几块石头搭起来，铁锅就架在石头上，然后下面燃烧树枝木柴，藏民们在节日或举行某种庄重仪式时，便围绕锅台和熊熊燃烧的篝火跳舞。后来就逐步演变为一种舞蹈形式的代称。其实，“锅庄”是普遍流行于藏区和少数民族地区的舞蹈形式，而“嘉绒锅庄”是指流行在嘉绒藏区的舞蹈。不同地区的“锅庄”，它的文化指向、它所体现出的宗教内涵、它所折射出的文学文本意义，是有区别的。就如不同民族所使用的不同语言一样，其中所包含的丰富的不同种族的遗传信息和密码是复杂而多义的。

在今日，跳锅庄甚至不仅仅在藏区和少数民族地区流行，在我生活的南方都市，也常常看到市民们伴随《跳起欢乐的锅庄》舞曲，将“锅庄”演变为纯粹以锻炼身体和娱乐为目的的广场舞。

丙申初春，从四川阿坝州的金川县归来，当我对被列入国家非物质文化遗产的金川“马奈锅庄”有所了解、理解后，每每在南方都市街区听到熟悉的锅庄曲调，看到不那么标准的锅庄舞步，就会不由自主地驻足……心想，锅庄的魅力是永恒的，对它保护或不保护，它都会以一种不可抗拒的生命力，渗透到我们的日常生活中。

“谁不跳舞，谁就不懂得生活。”——公元二世纪基督教诺斯替教派的歌词如斯唱道。

在人类语言文字尚未出现时，舞蹈开始了；在人类语言文字无法抵达之处，舞蹈开始了。

世界最权威的舞蹈史研究学者库尔特·萨克斯认为：

“舞蹈是一切艺术之母。音乐与诗歌存在于时间；绘画和建筑存在于空间，只有舞蹈存在于时间同时也存在于空间。

“舞蹈打破了肉体和精神的界限，打破了耽溺于情欲和约束举止的界限，打破了社会生活和发泄个人特性的界限，打破了游戏、宗教、战争与戏剧的区别，打破了一切由更为高级的文明形成的各种界限。

“舞蹈实际上就是拔高了的简朴生活。”

金川之行，为我创造了直接体验一种具有独特风情的舞蹈形态的机会，它就是——

马奈锅庄。

三

丙申三月某日，在去金川马奈乡之前，我已经看过一些关于“马奈锅庄”的文字介绍。

在清代的诗文中，有多首诗写到了跳锅庄：李心衡的诗《仙坪跳月》中有“连臂踏歌”的字眼；在胡经德的诗《跳锅庄》中有“舞态回环抑复扬”的描述。在李心衡记录金川风情风物的著作《金川琐记》中，专有一节写到跳锅庄：

> 俗喜跳锅庄嘉会，日里当中，男女各衣新衣，合包巾帕之属，罄家所有，杂佩其身，以为华赡，男女纷沓，连臂踏歌，俱欣欣有喜色，腔调诘诎，无一可解，然观其手舞足蹈，长吟咏叹，又似有一定节奏……

这位汉族文人的记载颇有趣，他老先生不懂藏语，固然听不懂他（她）们唱些什么，至于舞蹈形态，除了“连臂踏歌”，他也体会不到那种踏步独特的节奏美感。

我不能断定他们写的特指马奈锅庄。马奈锅庄与整个嘉绒藏区的锅庄，并没有什么本质的不同。我们还是应该把马奈锅庄放到整个嘉绒锅庄的体系中来考察。当然，我们可以把马奈锅庄看作嘉绒锅庄的重要源头或精华。有一首锅庄词唱道：

> 采蘑菇的时候，不要忘记了生长它的土壤；跳锅庄的时候，不要忘记了产生它的地方；欢乐的锅庄来自哪里？上游马奈是它的家乡。

在马奈乡的“马奈锅庄”讲习所，我又仔细观看了那些关于这种舞蹈的历史、形态特征的图片实物展示。我想，即使我这里用繁复华丽的文字，将相同的内容再描述一遍，对于读者来说，也没有什么特殊意义。对于金川熟悉这种舞蹈的读者，他们会觉得我的文字是苍白的，而对于不熟悉这种舞蹈的读者，他们也很难从文字中找到为之怦然心动的感觉。如果谁想了解这种舞蹈的知识，那就请教“百度先生”好了。当然，如果要从高深的学理上考察“马奈锅庄”，不妨研读李菲博士的论著《嘉绒跳锅庄》，这部专著让我感到惊诧：一种诉诸肢体的舞蹈，居然被他从人类文化学的角度解读得那么深奥。

说心里话，尽管马奈乡的最高长官王庆华先生亲自为我担任解说员，我也无法感受到马奈锅庄鲜活的魅力。“纸上得来终觉浅”，古人的话是千古不衰的箴言。

我向王庆华先生提出一个小小的要求，请一两位会跳锅庄的美女来教舞，他说年轻的美女都离开这偏僻的山村，外出求学或打工去了，“资深美女”可以找到几个。吃过中午饭可以请她们来教我跳锅庄。

正说着话，忽然听到有音乐声传来，转首一看，对面是乡中心实验小学，孩子们正在伴随音乐跳舞，这里学校的课间操是用跳锅庄舞来代替的。但孩子们是散开的，不是正式的跳锅庄形态的手拉手式的圈舞。而舞步和甩手的姿势，却是十足的锅庄味道。我兴味十足地欣赏着孩子们的锅庄课间操。孩子们看到一个陌生人盯着他们看，用手机拍照，在踏步、甩手的同时，稚嫩的脸上露出几分腼腆的笑意。学校教导主任走来，知道我是来采访的作家，就说这不是正式的锅庄舞，如果要看，她组织孩子们为我表演一场。

太好了！于是课间操变成了为我特意展示的锅庄舞。十多个女生组成一队，十多个男生组成一队。这仍然不是正式的锅庄舞的形态，孩子们只是向我呈现锅庄舞的一些基本样式。马奈锅庄分两种，一种叫大锅庄（藏语：达尔嘎底），一种叫小锅庄（藏语：达尔嘎则）。大锅庄只有在盛大的节庆或举行某种隆重的宗教仪式时才会跳，其特征是跳舞者须按照要求盛装出席，人数众多，场面宏大，端庄隆重，气势壮阔；而小锅庄则属于民间自发舞，人数、场地、人员均不限：二三人、更多人，树下、河畔、石间，青年、老年，男女，皆可随时随地随性起舞，表达收获的喜悦、婚庆的快乐、爱情的狂野……小锅庄是藏民们日常生活的一部分。

其实，两者之间并没有截然的分野，从本质到形态都有相互交融的地方。舞者都是嘉绒藏民。他们信奉同一种宗教，生活在一个特定的区域，锅庄是他们表达情感信仰的肢体语言。

在舞蹈开始前，举行授帕仪式，女领舞向男领舞献哈达，没有哈达就用一方手帕代替了。此时男领舞要双脚下蹲，行三拜之礼。这一小小的动作，最能说明嘉绒锅庄带有古东女国崇尚“女尊男卑”的独特风情。孩子们的锅庄表演让我痴迷，我几乎想扔下手中的拎包，也插入到孩子们中间，与他们一起踏步、甩手、歌唱……让我感到诧异的是，那个领舞的小女生，纯朴漂亮且不说，肤色之白如同直射的阳光令人炫目。她让我想起了金川山间看到的雪梨花，花瓣上覆盖着尚未完全融化的有些晕黄的雪，白皙的花瓣隐现丝丝若有还无的红色脉络，在料峭的三月寒风中颤颤悠悠，柔弱却又倔强……

这里的海拔高度有3000多米，由于紫外线的照射，人们的皮肤普遍黝黑。但居然也有肤色如此皎白的女孩，可以化紫外线为增白的营养素，简直令人不可思议。这更让我相信，乾隆年间出生在这里的美女阿扣，人们描述她的肤色如何如何嫩白是可信的。

四

写锅庄，为何要写到乾隆年间的美女阿扣？因为美女阿扣把嘉绒锅庄的美和魅力，推向了极致。而阿扣又把锅庄赋予她的美渗透到嘉绒山脉和流水之中。这样一种美产生的辐射力，曾经改写了金川的历史，影响了嘉绒藏区从土司头人到藏民的命运。

生活在金川马尔邦的年逾古稀的老人张诗茂，只要你跟他谈嘉绒历史，谈锅庄，他必然要谈到阿扣。因此，阿扣是本文绕不过去的一个重要人物。而写到她，笔者的热血几乎也要飞扬起来了。阿扣并非纯粹民间传说中的人物，在清代的野史中曾有文字记载。最著名的是那篇作者不详的文章《金川妖姬志》，此文被国学大家辜鸿铭发现，编入了《清朝野史》中。

写此文的显然是清代官员，语含贬抑。“姬”虽是古时对妇女的美称。但连上“妖”，就有些不那么友好的意味了。但也可从另一面理解成此女具有非凡的诱惑力。在《聊斋志异》中有很多可爱的美女，也是由动物成“妖”成“精”演化而成的。因此，“妖姬”二字，并不会让我对阿扣产生任何不良的感觉。

美女不罕见，美而近乎“妖”，则是百年千年难遇的极品。在嘉绒藏民心中，阿扣是圣洁无瑕的，他们称她为“玉观音”。传说她原是观音菩萨莲花座前的一个玉瓶，沐浴日月精华而转世投胎到人间。

阿扣是如何美呢？皮肤嫩白到何种程度呢？或用现代人的话，她是如何性感呢？遗憾的是那个年头，没有照相技术，藏区也没有画师，无法让我们从图片或画像中一睹她的芳容。我想，用已有的词汇诸如“倾城倾国”“沉鱼落雁”之类来描述，不会让人有什么直观感受。这类形容美女的词用得实在太烂了。龚自珍用诗句描写一位他心仪的美女：“一队画师齐敛手，只容心里贮秾春。”是说一队技法高超的画师，面对那位美女不知从何着笔。色彩和线条，难以描画出她美的神韵。《金川妖姬志》对阿扣姿色的描述也仅两句：“两颊如天半蒸霞，肤莹白为番女冠。”究竟是如何美，我也寻觅不到更精确的语汇，但可以用事实来呈现——

土司头人，为获得她的“美”，不惜刀枪火并；

大清帝国的将领见了她，敢于将皇帝老儿的圣谕弃之一旁，而将她的枕边风，视为最神圣的指令；

为了她，达官贵人竟愿意爬狗洞、钻沟壑，斯文扫地；

那些驰骋疆场的清军将士，见了她，举刀剑的手臂忽然酥软，蹬马鞍的脚失去知觉……

这样的女子可以“秒杀”世间所有男人，所向披靡，横扫千军！

她的美与她高超的舞技又是相伴相随的。锅庄舞自然是她的拿手好戏，独舞也自是一绝——

她的舞姿，曾经牵动了整个嘉绒藏区土司和藏民的目光；

她的舞媚，曾经使一场血雨腥风的战争变得诡异莫测；

她的舞影，曾消弭了征讨方和被征讨方的刀光剑影……

金川有此女中极品，是否与这里曾是古东女国的地域有关？有待考证。但我从民间传说和有关史料上看到，古东女国盛产美女，曾经美女如云。其中有什么奥秘？著名藏学专家李茂先生提供了一个说法，公元六七世纪，东女国最早存在于西藏昌都地区。

专家们通过在中路乡克格依村的考察，一致认定：公元八世纪末，东女国王室发生内乱，男人篡夺了王权，女王冒着生命危险，携带旧僚巧妙逃离到金川，并在金川人的帮助下恢复了王室，东女国因此在金川复兴。复兴的东女国曾辉煌一时，但很快被历史的长河淹没。其直接原因估计是女王自己造成的：女王有一个让生下来的女子十分漂亮健康的祖传秘方，因此国内美女如云，周围其他国家为了争夺这些美女，搅得东女国鸡犬不宁。据传乾隆皇帝打金川导致古东女国的最后灭亡。

世界上居然会有这样的秘方？能够在服用过它后生出漂亮女子来？如果放在今天，世界首富不是比尔·盖茨，而是这位女王了。但常言道：最美丽的最危险。古东女国的美丽药方，成为葬送自己命运的“毒药”；而阿扣年仅二十九岁，就魂归天国……

金川阿尔邦的老人张诗茂对阿扣的早夭有他更为深刻的看法：美，不是阿扣的错；而是那些臭男人太贪色了，他们无一不是好色之徒。

五

世界上最悲催的是什么？美的毁灭！

阿扣姑娘二十九岁死于非命，是流传在嘉绒藏区最为悲催的故事。墨尔多神山曾为之垂首，金川江水曾为之泣血，琼鸟的羽毛曾为之化作漫天飘落的雪花……

乾隆皇帝派兵两征金川，曾是他一生最为得意的十大武功之一。第一次派兵征讨金川与阿扣有关，而战争的终结也与阿扣有关。从乾隆十一年（1746）至乾隆十四年（1749），这场战争历时四年，在金川这个弹丸之地上，清廷共用兵 75000 人，耗银 2000 余万两。虽说战争的引发和进程都与阿扣有关，但战争引发、耗时、耗力、耗财的责任，却不应归罪于阿扣。

美丽——难道也是一种错误？

阿扣，其名在嘉绒语中含义为“心肝宝贝”，是大金川土司莎罗奔的女儿。因其天生丽质、聪明伶俐，而得到整个族群的宠爱。在藏区土司中，他们相互间通过联姻而扩展自己的势力范围，几乎是最为老套的方式，无论是儿子娶妻，还是女儿择婿，精心选择的对象，大都与爱情无关，而跟家族势力的扩展有关。因此，土司家族的兴衰，就常常与这个家族男人精子的质量、数量成正比。妻妾成群对于土司头人不难，但要生出一窝窝强悍的儿子和美貌女儿来延续家族的兴旺，却常常不是主观能控制的。

阿扣的命运也受到这“土司思维”的影响。看起来上上下下人人都爱她，事实却是无人尊重她心中所爱。她按照父母之命嫁给了小金川土司泽旺。魏源在《乾隆初定金川土司纪》中记载：“莎罗奔以女妻泽旺。泽旺懦，为妻所制。”这里对泽旺的描述，只用了一个字“懦”。甭管我们对这个字如何理解，反正事实是阿扣不爱泽旺，导致夫妻不和。现代学者称，阿扣因对丈夫不从，而遭到百般凌辱。魏源说泽旺“为妻所制”未必是实际情况。阿扣回娘家告状，莎罗奔勃然大怒，派人将泽旺劫持到大金川，并夺其印信。这下事情就闹大了，家事演变为国事。大、小金川土司，都是朝廷命官，岂可相互吞并？乾隆闻奏大怒，下诏云贵总督张广泗率兵征讨大金川。官军分两路打金川，一由川西入攻河东，一由川南入攻河西。金川一带地势险峻，易守难攻，土司武装人员又可踞“碉楼”作抵抗，张总督三万兵马，却损兵折将，劳师糜饷，持续两年多，久攻不下。皇帝急了，又派大学士纳亲视事，并重新起用大将军岳钟琪，“以提督衔赴军自效”。这三位高级文臣武将，在征讨金川的过程中，因各种机缘被阿扣所迷，他们的心思不在如何平定金川上，而是绞尽脑汁要将阿扣的玉体拥入自己温软的褥衾内。这三个男人围绕一个女人之间发生的明争暗斗，足可写成一部长篇小说，笔者不想再费太多笔墨。这里，只提供几个在阅读史料时映现在脑中的场景。

——岳钟琪至张广泗大营视察，发现张总督正在营帐中，一面享受美酒佳肴，一面观赏美女阿扣的舞姿。阿扣跳的是什么舞呢？锅庄？某种自创的独舞？是什么舞或许不重要，只要是阿扣的表演，无人不被醉倒。

——阿扣对岳钟琪情有独钟，夜里带着使女逃往岳钟琪大营，被岳钟琪藏于深山丛林中，两人频频幽会，岳将军哪里还有心思打仗。

——纳亲大人派人察知后，将阿扣诱至自己帐下。大学士一见阿扣即两腿酥软，似乎以往的人生皆白白度过，天高皇帝远，且先喝了这杯“美酒”吧。

——岳大将军为重新夺回所爱，夜里只带数骑，潜往勒乌围密林中袭取阿扣，未想到被莎罗奔的巡逻兵发觉并扣留，岳大将军贿赂看守士兵才得以逃脱，连爬带滚，逃回本营，斯文扫地且不论，还差点掉了脑袋。

……

请读者通过这些简短的文字来想象一下，再现一下这些文字背后的细节和意味，会比我来描述更精彩。比如那个岳大将军，侥幸从莎罗奔士兵看押处逃出时，该是如何的狼狈、猥琐？那个威风八面、驰骋疆场、一呼百应、道貌岸然的大将军，为了一个女人，居然颜面尽失，堕落成鼠辈……呵呵，真是可怜而又可笑啊！

在这几位朝廷命官中，最让我感到可恶而不能容忍的乃岳将军也。请看下文。

六

这场关系错综复杂的征讨金川大战，与阿扣有关联吗？有，也可说没有。

阿扣的美，延缓了战争的进程，客观上起到了救护乡亲们免被官军屠戮的作用。可这场战争的结束，却以阿扣生命的终结作为代价。如果这类事情，发生在白居易所生活的年代之前，他的《长恨歌》的主角，不会是大唐贵妃，而应是这位阿扣了吧！

再说岳钟琪，岳大将军。

在清军征讨金川久攻不下，皇帝对军情实况疑云重重之际，这位岳大人将军情密奏乾隆，其结果是皇帝大怒，“掷尚方宝剑斩张广泗于御前，并赐纳亲速死”。此二人死不足惜，关键是由此而置阿扣于死地。皇帝派大学士傅恒赴金川军营，挂帅升帐，第一件事就是“立斩阿扣”。据传，在阿扣被斩时，天空愁云惨雾，似有一口黑色的巨大的铁锅要倒扣下来。“索乌山男女二神着金盔金甲立于云端，双目如电，怒视刑场，吓得刽子手弃刀而逃。傅恒见状也吓得魂不附体，遂焚香祷告，亲自斩阿扣于营前。”

这个岳大将军为了自保，为了洗刷自己的罪责，竟借皇帝之手，残忍地断送曾为他付出情感的年仅二十九岁的美丽的阿扣，这个男人还是男人吗?

从此，嘉绒藏区失去了人人喜爱的“心肝宝贝”、锅庄的领舞人。

七

锅庄的另一位领舞美女，在乾隆二次征讨金川后进入我们的视野。

这里是一片神奇而又神秘的土地；同时，这里又是一片灾难深重的土地。且不论朝廷与藏区土司之间发生战事，就是在土司之间，为争夺地盘，扩展部族势力范围，也经常发生战乱，相互杀戮。

乾隆二十八年（1763），因金川大小土司之间战乱不断，朝廷第二次派兵征讨金川。这仗前后打了十三年，至乾隆四十一年（1776）才结束。清廷投入兵力近20万人，耗银7000余万两，阵亡官兵

27500人，而大小金川幸存民众也仅剩万余人。原本牛羊满山坡的繁茂山寨，亦成为人迹罕至的荒芜僻壤。

乾隆这次征讨金川的战争中，并未有美女卷入。但在战争结束后，出现了另一位改变了部落命运的美女，她的名字叫阿凤。关于阿凤行迹，未见有明确的史料记载，但是她的天生丽质以及改变部族命运的行为，却刻印在世代嘉绒藏区百姓的“口碑”上。

战争虽然结束了，对于嘉绒藏区的百姓而言，却陷入了另一种磨难。这种磨难带来的精神和肉体的双重折磨和痛苦，并不亚于兵戈杀伐。为使金川地区不再发生战乱，皇帝对居住百姓的种族进行了分流改造。很大一部分金川藏民被迫离开故土，被押迁至北京的郊区，安置在香山法海禅寺南沟阳坡上，让他们住在“孤燕檩单椽子”的简陋寨子里，地位列在八旗之下，将他们当作最劣等的奴隶对待。据传，还令人诅咒这些曾与官军作战的藏民两百年后灭绝。可以想象，这些远离故土，生活在遭受歧视、辱骂、陌生环境中的普通藏民几乎日日以泪洗面。

他们命运的改变来自一个偶然的机缘。乾隆到香山八旗兵营观看将士操演，夜宿香山行宫。晚膳时，令宫女歌舞助兴，可那些慵懒惯了的八旗女子，实在表演不出像样的歌舞来。有人推荐金川藏女阿凤，称她美若天仙、能歌善舞，这个风流皇帝的神经立马就兴奋起来了。接下来的场景，未见有任何史料描述，只能凭借我们的想象了。阿凤是如何美？阿凤和她的女伴表演了哪些歌舞？其中有未表演嘉绒藏区最有特色的锅庄？在群舞和圈舞后，是否表演了她自创的独舞？这些其实都不重要，反正阿凤凭借她的姿色和出色的歌舞才能，彻底把皇帝的心俘获了。皇帝端起的酒杯，忘了往唇边送，眼睛随着阿凤的舞姿旋转。从这一晚起，“六宫粉黛无颜色”，皇帝独钟此阿凤。

这位风流大皇帝显然真的痴迷于阿凤独特的风情而无法自拔了，他不满足于一夕之欢，居然要违背不得与外族通婚的祖训，要册封阿凤为妃。对此，那些维护满人族规的大臣激烈反对，皇帝大怒，执意要将阿凤纳入宫中，让她成为正式的宫妃成员之一。有大臣在祖训与皇帝的欲求间寻求平衡，献妙计曰：先改阿凤所住的寨为正黄旗小营，阿凤成为上三旗的女子，皇帝就可以迎娶阿凤为妃了。于是，阿凤就名正言顺地成了乾隆的宠妃。

金川藏民地位的提升，得益于阿凤。而藏民生活的改善也得益于阿凤。当乾隆在枕边问阿凤有什么要求时，她不求位，不求宝，不求宠，只提出请圣上善待她的那些父老乡亲。乾隆当即应允，将金川藏民的正黄旗营寨迁至沟北阳坡，为他们重建了新居，并特意建石碉，满足他们的思乡之情。金川藏民因阿凤的“枕边风”而过上了正常人的生活。可以想象，阿凤在金川百姓心中的美，就不仅仅是她的肤色如何，五官如何，舞姿如何了……

她是金川藏民心中的又一尊“玉观音”。

写到这里，笔者突发奇想，如果清廷官军第一次征讨金川，乾隆皇帝能够亲率大军前往，圣上就有机缘目睹阿扣那令人无法抗拒的风姿，那么战争的进程可能会完全被改变，金川藏区百姓的命运大概也会发生我们意想不到的结局吧？

可以断言，这个风流皇帝在面对一位千载难逢的美女时，不会比他手下的那几位大臣更理智。由于皇帝拥有至高权力，那些将军、大臣，无一人敢与皇帝争宠；阿扣的锅庄、“枕边风”，也一定能左右皇帝的意志，从而消弭那场战争带来的祸害；阿扣自身的命运无疑也会发生变化……

八

面对这片土地上的战乱与灾难，面对那些在苦难中仍然生生不息的生命，我愿对苍天一遍遍地祈祷——

愿人间化兵戈为“锅庄”。

愿人间永远只有“锅庄”，而无杀戮。

生命对每个人都只有一次，都是无比珍贵的。虽说每个人都是时光长河中的匆匆过客，但我们应该相互呵护，让生命在宇宙循环自然生态中走完她应有的旅程。

让我们挽起手臂，跳起心爱的锅庄，让爱与快乐永驻心间！

马奈乡王庆华先生真的为我请来了锅庄的指导老师，几位“资深美女”。她们都是面容慈祥的大娘。还有几位“资深帅哥”，他们是几位满脸褶皱的老汉。跳锅庄必须有男女两队人，围圈而舞。两位老汉，从两旁握着我的左右手，他们的手厚实温暖，对面是两位大娘。随着一声口令，我们一边清唱一边跳起来，歌声飘荡在溪谷山涧。很长一段时间，我的双脚踏步总无法与他们的节奏吻合，但快乐的阳光洒在每个舞者的脸上……

2016.5

退思园主形迹考

估计这标题，会吓退一部分读者。因为，看了标题，有人以为是篇正统的学术文字，适合发到某个核心理论期刊去。非也。笔者在这里只是有点故弄玄虚，或者叫“悬疑”罢了，并非真的想“考证”什么。但拙文的关注点在“退思园主”，而非退思园，却是真的。当然，两者又如何能截然分开?

到同里，退思园是必看的。退思园是同里诸多人文景观中的“招牌菜”。同里的女孩陆彩娟喜欢用“第一美女”来比喻退思园。“美女”在当下已经被用得太俗、太滥了，反而容易让人引起某些不美的联想。但是“美女”前面的“第一”却是当之无愧的。岂止是同里“第一”，在一部由东南大学出版社出版的论著《江苏古镇保护与旅游发展研究》中，称“同里的退思园、惠山的寄畅园都是江苏古镇园林府邸的典型文化表征”，紧接其后，还有一段对退思园的简短的描述文字：

退思园建于清光绪十一年至十三年，是晚清风格的江南水乡私家园林，园林占地仅九亩八分，精巧构思，小巧精致，亭台相映，素净淡雅，布局独特，亭、台、楼、阁、廊、坊、桥、榭、厅、堂、房、轩俱全。园林以池为中心，格局紧凑自然，建筑与自然环境协调，一年四季，不同景色，赏景怡情，各具诗意。

愚以为，此段文字既适合于退思园，也几乎适合于江南所有的私家园林，并未将“退思园”的独特之处彰显出来。

对于江南的私家园林，我们还可以用类似的比喻来描述它们的共性，如：它们是江南景观的缩微雕刻，在方寸之间可尽赏江南美景；江南园林是凝固的昆曲，而昆曲是流动的江南园林……同样，如果粗略地看过去，你会发现，周庄、同里、乌镇这些江南古镇，似乎大同小异，似乎只需看一处，而这“一处”便可以把所有古镇“代表”了。只有那些细心的观者，才会在细细品味中咂摸出它们之间那些精妙独特的个性所在。

也因此，笔者把关注点放在退思园主，而不是跟随其他墨客再把退思园描述一番。虽然，钱钟书先生说过类似的话：你喜欢吃鸡蛋，那就享用鸡蛋的味道和营养就是了，不必非要看看鸡长什么样。先生以此理由婉拒媒体的采访，仔细推敲起来是有问题的。吃

——侯海霞　绘

鸡蛋的人，不可能不关心下蛋的是什么样的鸡。是圈养鸡？还是散养鸡，抑或山鸡？是乌骨鸡，还是狼山鸡？鸡的品种关乎鸡蛋的味道和营养价值。鲁迅先生曾表述过与钱钟书不一样的意见，他认为研究和欣赏一位作家的作品，最好同时也读读他的传记之类介绍身世的文字，这样才可能加深对作品的理解。

品赏退思园，岂可忽略造园之主乎？大量的观者，恰恰是只看到表象，而未进入其内核。只有进入园主的内心世界，才能更好地体味园内一花一草、一石一木所承载的人物情感意味。

在梳理所搜集到的各种关于退思园主任兰生的素材时，笔者发现多种自相矛盾而缺乏实证的说法。比如说，任兰生入仕是通过科举考试，还是清代另一种入仕的途径——捐纳？任兰生被人弹劾削职还乡，是因为镇压捻军不力，还是因为贪腐？他造此园，有人说耗银十万两，此数字依据何在？园主后又重新出山担任官职，是因为左宗棠的保举，还是另有缘由？园主是在什么心境下造此园，而园子的构思布局又体现了园主的何种理念？园子的设计者是何人，他与园主是什么关系？深入进去，便发现有许许多多的问题需要厘清。听闻，吴江已有专题研究组在从事园主有关生平的研究。太好了。如果笔者在此文中的思考，与课题组研究最终结果有相悖之处，请以权威的研究结果为准。

笔者除了查阅史料，还走访了两位最有可能掌握关键资料的当事人。一位是镇上唯一的任兰生家族后裔、已 88 岁高龄的任大钧老先生；一位是同里镇也已年逾七旬的老书记计东生，他从书记岗位上退下来后，一直负责主修镇志，致力于搜集各种史料，他手头应该有较完整的关于同里的史料。任大钧老先生是任兰生家族的第四代族孙了，他承认他所掌握的关于任兰生的种种说法，也是口口相传下来的，难以作为信史的凭据。但他曾经亲历的事实，应该相对比较可靠。他曾看到，任家有一本翔实的家谱，还有许多记载任氏家族事迹的材料，全都是线装书，还有许多先人的画像，装满了整整一个立式木柜。遗憾的是“文革”期间这些资料全部被造反派作为“四旧”材料，一把火化为灰烬。因此，今人要找有关任氏家族的文字记录，除了老的镇志中有寥寥数语，确实是非常之难。

笔者想了解的第一个问题是，园主任兰生是通过何种途径进入仕途的。在任兰生宗侄任传济写的《退思园修复记》中，用了这样的字眼：“退思园始建于清光绪十一年（1885），园主为清赐内阁学士……”这个“赐”有点语焉不详，清廷因何特殊缘由，会“赐”给他一个官位？而由上海文艺出版社出版的《吴江名人录》中，对任兰生有数百字的简介，对此却无任何说明。这个问题在新修的《同里镇志》第二十三卷《任兰生年表》中有明确记载：

> 同治三年（1864），27岁。夏，偕妻兄陆策三由河南赴京应试，未中。冬，以捐升候选同知（正五品）拜见安徽巡抚乔松年，当时英翰为藩司任兵事，……委其任职皖军前敌营务处，驻颍州。

从这里可以确定，任兰生是通过“捐纳”而进入官场的。采用“捐纳”方式担任官职，在清代是一项增加财政收入的政策，并不丢人。很多人是通过此种途径入仕的，其中也不乏优秀人才。至于此项政策因弊大于利，后被废除，不是本文需要详述的。

第二个核心的问题是，任兰生是因何种原因被弹劾削职的。这跟他退职后修“退思园”直接相关。一种说法是他在军中，奉命追杀捻军不力；另一种说法是因“任安徽地区的高级军事将领，监管部分地方海关和财政……被政府撤职”。后一种说法，隐含了任兰生解职与贪腐有关。哪一种说法更为可靠呢？对此，新修镇志《任兰生年表》中，也有明确说法，此“说法”源自民国10年编修的《同里乡土志》。光绪十年（1884），任兰生47岁时，任安徽按察使（正三品），实际岗位仍是安徽凤颍六泗兵备道。在此任上，内阁学士周德润上诉状《安徽厘税积弊》，“参劾任兰生盘踞利津，营私肥己，此案涉大小官吏50余人。”在第二年正月，任兰生被解职候处。朝廷派钦差大臣户部尚书崇绮、内阁学士廖寿恒前往核查。结论为，“所参劾条款皆不属实”。但这个结论后又拖了一条让人不明就里的小尾巴——“光绪七年留用革职书办屠幼亭之事为知情者徇隐，建议诏交部议革职。”从这里可以肯定地说，任兰生被革职，既与镇压捻军无关，也与“营私肥己”无关。但朝廷还是找了一个小小的理由，把他的顶戴花翎给摘了。从《任兰生年表》看，任氏在官位上尽职为民，有良好的政声。在他被革职后的光绪十三年（1887），山东巡抚上书奏任兰生在山东等省份遭遇灾害时，倡捐救灾，“叩请圣上恩施给兰生开复原职”，以及同年安徽士绅筹银8000两，代其遵照先例捐复官职，也是非常有力的佐证材料。

于此，我们应该清楚地知道了，任兰生确实是蒙受了不白之冤而被削职回归故里。其人有一肚子怨气，但还得表现出“圣上明察”的从容态度。因此，回到同里后，他开始筹建“退思园”，其含义为“进而尽忠，退而思过”。造这园子，他不是用来颐养天年、享受快乐的，而是为了静心反省在供职期间自己的过错。但“错”在何处？笔者未看到园主给我们留下任何反思过错的文字记录。而他几乎时时刻刻想的是，有朝一日“罪名”被洗白，在有生之年还能为朝廷尽忠效力。这一点，通过两年后有人为他捐职，他马上出山可以证明。

这个退思园的构造，无处不体现了园主复杂的心态。

首先，看园子的占地面积。虽然，园内具备了江南私家园林构造的所有元素，但整体园林占地面积并不大，只有九亩八分地。任家祖上传下来的地有数千亩，而任氏只用很小的面积来造园，原因何在？一句话，戴罪革职之人岂可大肆铺张？其次，从园子的门脸看，白墙黑瓦中镶嵌着两扇普通木门，仅从外表看，一点儿也不像大户人家的宅子。这又为何？收敛低调啊，不想张扬啊！难道要让老佛爷看出，他确实家有万贯，给人留下曾“营私肥己”的把柄吗？园子依池塘向东扩展，我的看法是，主人看中的是一方天然池水，依水而筑，正体现了中国道家思想中水利万物而不争的理念。同时，是否还有园主企图背水而生，不想给自己留退路的心态呢？走进园子看看，从南向北只有三进，门厅、茶厅、正厅，如果仅仅到此，这样的宅子，在江南只能算非常普通的殷实人家的住宅而已。但这园子，独特在由西向东扩展，渐渐开阔，而至气象万千，让人不断有“柳暗花明又一村”的惊喜。亭台楼阁、廊舫桥榭、水石花树，次第呈现。而那些对各类景致的命名，也非常令人寻味：“闹红一舸”，寓春；“菰雨生凉”，夏至；“红枫金桂”，秋色；“岁寒三友”，冬也。从春到冬，步移景换，繁华落尽，人生终究渐渐悲凉寒风入骨，有谁能逃脱这人生的宿命？但主人似乎心有不甘，后花园池中，那艘向东偏北正破浪前行的石舫，向我们泄露了主人企图东山再起的雄心……

这园子的一石一瓦，各种精心构思布局，处处都是主人心情、心绪、哲思的具象化。任兰生的官职政绩，在历史上谈不上有特别称道之处，与他类似的官员，各朝各代可谓多如牛毛。在正史野史中，都不会留下任何痕迹。但这座也许并非他特别看重的“退思园”，却成为中国乃至世界园林史上的精妙一笔。得意时，他被弹劾；失意时，他筑造出堪称艺术精品的江南园林。人生之得失，大概戏中之人自己也难以看清。

笔者在搜寻任兰生造园行迹时发现，协助他造园的是当地著名画家兼设计师袁龙。而这位袁龙先生的设计理念承袭了出生同里的先贤、明代江南园林设计大师计成。这位计成先生堪称“伟大”，他的专著《园冶》，是中国最早系统阐述江南园林设计、建造理念的著作。《园冶》与园林设计的关系堪比刘勰的《文心雕龙》之与中国古代文论。这样一部建筑史上带有里程碑式意义的著作，出自同里乡人，其价值恐怕远远要超过退思园了。退思园只是其建筑理念的一个标志符号而已。郑元勋在该书序言中论述计成造园理念时说：“是惟主人胸有丘壑，则工丽可，简率亦可。否则强为造作，仅一委之工师、陶氏，水不得潆带之情，山不领回接之势，草与木不适掩映之容，安能日涉成趣哉？”由此，我们可进而体味退思园的价值所在，也就会理解，为何当下某些富豪也热衷造园，买来大块地，搬来许多石头，移来许多古木，乍看应有尽有，但徒有其表，总缺少一种内在的魂魄。

我们为同里有列入世界文化遗产的退思园骄傲，更为同里诞生了计成这样的造园大师骄傲！

2014.11

后记　人生如踩西瓜皮

陈歆耕

撒切尔夫人在离任时说："人生从68岁重新开始！"不愧是铁娘子，年近古稀，仍壮心不已。怎奈人命如何抗得过天命？谁敢说自己的心脏如永动机可以不停地跳下去？

吾辈庸碌之人，岂可效仿强人？且踩西瓜皮，滑到哪儿算哪儿。

类似本集的文字，笔者已出过几本。在整理这一部时，有一个念头始终挥之不去：今后这类文字就不写或少写罢。这绝对不是学某个"大师"，不断地说封笔，却又不断地出新书般的矫情。我还不具备那般"矫情"的资质。

在写完《龚自珍传》后，我就深深感到面对现实的沉重，这些脂肪上挠痒痒的文字是如何乏力。一个多世纪后，龚自珍的那些启蒙思想，仍然在捶击着我们的胸膛。因此，启蒙仍旧是当下我们需要思考的重大命题。从何启蒙？如何启蒙？都需要更多的人来思考。如果我们忽略掉那些重大的社会症候，而只是在几个小疣子、小疥疮上动手术，岂不是舍本逐末？我感到，自身首先要接受启蒙，才有可能为推动社会启蒙尽微薄之力。因此，告别昨天的我，重新出发，是自我反思、自我批判的必然选择。

在选择前行的方向前，我需要更多地阅读和积累，以弥补先天的不足及后天缺少滋养的空虚的身心。西瓜皮会滑多远，滑向哪儿？不知道。

本集中的文字，大多在各类报章刊登过。汇集在这里，也许唯一的价值是可看到笔者曾经“混迹”文坛的某些屐痕。在此衷心感谢曾给过我许多帮助的师友们！

2017.4. 18